AHMET BATMAN

Bana İkimizi Anlat

Kokusuna alıştığınız bir insanı unutamazsınız.

DESTEK
yayınları

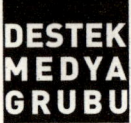

DESTEK YAYINLARI: 513
EDEBİYAT: 185

BANA İKİMİZİ ANLAT / AHMET BATMAN

İmtiyaz Sahibi: Destek Yapım Prodüksiyon Dış Tic. A.Ş.
Genel Yayın Yönetmeni: Ertürk Akşun
Yayın Koordinatörü: Erol Hızarcı
Editör: Kemal Kırar
Kapak Tasarım: İlknur Muştu
Kapak Fotoğrafı: Arda Savaşçıoğulları
Sayfa Düzeni: Cansu Poroy

Destek Yayınları: 1.-250. Baskı: 2015
1.-277. Baskı: 2016
278.-305. Baskı: 2017
306..-319. Baskı: 2018
320.-333. Baskı: 2020
338.-340. Baskı: 2021
341.-342. Baskı: 2022
343. Baskı: Şubat 2023
344. Baskı: Kasım 2023
345. Baskı: Ekim 2024
Yayıncı Sertifika No. 13226

ISBN 978-605-9913-18-8

© Destek Yayınları
Abdi İpekçi Caddesi No. 31/5 Nişantaşı/İstanbul
Tel. (0) 212 252 22 42
Faks: (0) 212 252 22 43
www.destekdukkan.com
info@destekyayinlari.com
facebook.com/ DestekYayinevi
twitter.com/destekyayinlari
instagram.com/destekyayinlari

instagram.com/ahmetbatman
facebook.com/ahmetbatmanaveb
twitter.com/AveBAveB

Deniz Ofset – Çetin Koçak
Sertifika No. 77699
Maltepe Mahallesi
Hastane Yolu Sokak No. 1/6
Zeytinburnu / İstanbul
Tel. (0) 212 613 30 06

Destek Dukkan

Bana İkimizi Anlat

Ahmet Batman'dan

DESTEK
yayınları

Annem'e ve tüm annelere...

Hayat, elimizde olanlara verdiğimiz değer ile hayal ettiklerimize verdiğimiz değer arasında gizlidir. Elinde olanın değerini bilen insan ne muhtaç olur ne mutsuz. Elindekinin değerini bilmeyen insan ise ne kurduğu hayallere kavuşabilir ne de mutlu olabilir. Hayat er ya da geç bize bunu öğretir.

GİRİŞ

Bu hayatta herkesin bir hikâyesi vardır. Herkes yaşamak için doğar ve aslında yaşayamadan, sadece bir şeyler için çırpındıktan sonra hayata veda eder. Bizler doğum ile ölüm arasındaki o ince çizgide yaşamayı unutan insanlarız. Her hayat bir birincilik ile başlar. Aynı şey senin için de geçerli. Eğer şu an bunu okuyorsan, sen de o birincilerdensin.

Şu an kendi hikâyenin başrolündesin. Bense seni bambaşka bir hikâyeye çağırıyorum. Eğer istersen birazdan bu hikâyeye dahil olacaksın ve aslında kendi hikâyenle yüzleşeceksin. Hayat, iki yarımın bir bütün olmasından ibaret. Şimdi ya yarım kalacaksın ya da ona ikinizi anlatacaksın. İyi yolculuklar.

Birinci Bölüm

Kokusuna alıştığınız bir insanı unutamazsınız.
Aranıza mesafeler ya da ayrılıklar girebilir.
Yüzünü unutmuş olabilirsiniz, sesini de...
Ama kokusunu unutamazsınız.

Güneş hep doğar...

Bugün yine saat on buçuk civarında uyandım. Her sabah yaptığım gibi bilgisayarımdan en çok sevdiğim şarkı olan *Wild World*'ü açtım. Bu şarkının sözleri benim iç sesimi oluşturuyordu. Bu adayı, iki yılın ardından sevmeye başladım. Sevdiklerimi terk edip gelmiştim buraya ve insan sevdiği bir şehirden vazgeçip anılarının saklandığı başka bir yere geldiğinde, sevmekte zorlanıyor. Alıştım artık, hem de her şeye... Yalnızlığa bile...

Hayatım boyunca hiçbir şeyimi kendim yapmadım. Hep meleklerimle yaşadım ve o melekler bana bir hayat hazırladı. İnsanın sahip olduğu her şeyi kaybetmesi, kendine mecbur olduğunu hatırlatan ilk şey oluyor. Ben bu adada, kendime ve kalbimin içinde yanımda taşıdıklarıma mecburum.

Uzun zamana rağmen hiç dostum yok. Yalnızlık bir bakıma insanın kendi seçimi oluyor. Bu seçimi ne zaman yaptığım konusunda hiçbir fikrim yok. Sanki her şey aniden gelişti ve bir anda hayatım bu şekli aldı. Herkesin hayatında böyle anlar vardır. Kaybetmeye başladığınızda sürekli kaybeder, kazanmaya başladığınızda sürekli kazanırsınız. Bunun bir orta noktası yoktur.

Kazanıyor muyum, yoksa kazandım zannederken hepten her şeyi kaybediyor muyum bilmiyorum, ama mutluyum ve bu mutluluk tüm sorularımın cevabı olabiliyor. Seninle daha mutlu olurdum, bunu elbette biliyorum ama altını çizdiğim ve hayatıma kattığım bir cümle var benim: "Olmayınca olmuyor." Olmadık biz olamadık.

Bugün yine evden çıkasım, insanların yüzüne bakasım yok. Sakallarım da uzamış ama kesmeye üşeniyorum. Böyle daha iyiyim sanki. Sakallarım mimiklerimi kapatıyor, yüzümdeki çaresizliği saklıyor gibi, bu durum beni mutlu ediyor. Küçük şeylerle mutlu oluyorum artık. Çocukluğumdaki saklambaç oyunlarında bile bu kadar saklanmamıştım ben ve hiç bu kadar yalnız bırakılmamıştım. Korkuyorum. Kendime sorular sormaktan çekiniyorum ama her gün aynanın karşısına geçip "Ne yaptılar sana böyle Rüzgâr?" diye soruyorum. Sonra, Rüzgâr Demirsoy'un sadece kimliğimde yazan bir isim olduğu aklıma geliyor. Ben artık o değilim.

Bir şeylere ihtiyacı var ruhumun sanki. Boşluklar oluşuyor yeniden, tam da her şey düzeldi derken... Aslında sadece Yağmur'a, onun ellerine ve gözlerine ihtiyacım var. Bana sadece bir kere kek yapmasına rağmen, ben onun kek yapışını özledim. Buluşmalarımıza geç kalışını, geç kalmak bir yana hiç gelmeyişlerini bile özledim. Küsmelerini, beni hiçbir şey yerine koymayışını ve umursamaz hallerini bile özledim.

Hayatta bazı şeylerin olmayacağını kabul etmek biraz zaman alıyor. Üzerinde "Yağmur ve Rüzgâr" yazan bir davetiye hayal ettim hep. Bu belki de hiçbir zaman gerçek olmayacak bir hayaldi ama mutlu ediyordu beni. Bir adam hayatı boyunca tek bir kadını seviyor ve diğer tüm kadınlarda o kadını arıyor. Ben Yağmur'u kimsede aramadım, çünkü ondan başkasında onu bulmaktan korktum.

Yağmur üşengeç bir kızdı, beni sevecek hali yoktu. Öyle ki telefonunu tek eliyle kullanırken parmağının yetişmediği uygulamaya girmekten bile vazgeçerdi. Şimdi bu kızın beni başlı başına sevmesi mümkün değildi. İnsan bazı şeyleri gördüğünde bu durumu kabul edebiliyor, ancak bir parça da mı sevemezdi yahu, diye de düşünmeden edemiyor. En azından sevilebilecek birkaç yanım vardı.

Bazen düşünüyorum da benim gibi bir adamı sevmek o kadar da zor olmamalı. Bir kere güvenilirim. Aldatmak nedir bilmem. Bundan daha önemli bir şey varsa o da onu deli gibi seviyor olmamdı. Yahu bir adam deli gibi sever miydi? Yağmur ne de değer bilmeyen bir kadınmış. Bunu ne kadar da geç anlamışım. İnsan gerçekten âşık olduğunda görmekten vazgeçiyor. Ben de vazgeçtim. Bütün dünyam Yağmur olurken, kendime ufacık bir pay dahi ayırmamışım. İnsan ne kadar âşık olursa olsun biraz da kendi için yaşamalı.

Çokça yordu bu kadın beni ama yormayanları da sevemiyorum bir türlü. O bir kere sarılsa yetiyor, diğerleri hiç sarılmasa da olur. Kokusundan vazgeçmek zaten mümkün değil. Keşke, dediğim tek konu varsa o da Yağmur'un kokusudur. Evet evet, onun kokusu benim oksijenim olmalıymış. Ben hiçbir kokuyu o kokudan daha fazla sevemedim.

İkimiz diye bir şey olacağını düşledim hep. Şimdi düşünüyorum da ne kadar aptalmışım. Sarılmamız bile mucizeydi bizim. Topu topu birkaç kez sarıldığım bir kadın ne kadar benim olabilirdi ki! Ben çok gözüm kapalı sevmişim, farkında olmadan çok benimsemişim. Benim sanmışım.

Bu başladığım kaçıncı hikâye bilmiyorum. Son zamanlarda her şeyden, herkesten sıyrılmış hissediyorum kendimi. Özlediğim tek bir şey bile kalmadı ve kendime verdiğim tüm sözlerden vazgeçtim. Düşlerime gelince, onlardan artık bahsetmek bile istemiyorum. En derinde kalmasından yanayım, çünkü bu halimle çok daha mutluyum.

Eski hayatımı ve yaşanmışlıklarımı bir köşeye atmak beni en mutlu eden şey oldu. İyi ki şu an bu hayata sahibim, iyi ki her şeyi bir kenara bırakıp kaçtım. Kaçmak her zaman korkakların işi değildir. Bazen kaçmanız gerekir. İnsan başka türlü kendisiyle hesaplaşamaz, insan başka türlü kendini karşısına alamaz. Hem korkuyorum hem kendimle savaşıyorum. Ben asla başka türlü bir beni kabul edemem.

Fikirlerim gün geçtikçe değişmeye başladı. Her günüm hem birbirine benziyor hem birbirinden farklı. Günler geçiyor, iyileşiyorum. Kimseye ihtiyacım yok. Okuduğum bir kitapta geçmişti bu cümle: **"Kimseye ihtiyacım yok."** İşte ben bu cümlenin altını iki defa çizdim. İnanmak istedim yalnız da yaşayabileceğime. Yalnız yaşamak mümkündü, çünkü her insanın içinde öldüremediği ve derinlerine gömdüğü bir şeyler nefes alırdı hep.

Hiç şüphem yok ki her insan yaşar benim yaşadıklarımı. Aynanın karşısında saatlerce kendime baktım yine. Evden çıkmaktan vazgeçtim. Bazı günler tam da böyle oluyordu. Sabah duşumu aldıktan sonra giyinip saatlerce evde o halimle oturuyordum. Bu benim için bir çeşit terapiydi. Sanki onunla görüşüyordum ve sanki beni bir yerlerden izliyordu Yağmur Hanım. Belki de deliriyordum. Evet deliriyor olabilirdim ama onu son bir kez görmeden delirmek gibi bir niyetim yoktu.

Bilgisayarın başına oturdum ve gelen mesajları cevaplamaya başladım. Hiçbir beklentim olmadan kurduğum bir blog sayfası epeyce ünlenmişti ve insanlar tarafından büyük bir merakla takip ediliyordu. Herkes yazdığım hikâyenin sonunu merak ediyordu. Tıpkı ben gibi. Ben de hep merak ettim hikâyemin sonunu ama yaşamaya hiç cesaret edemedim.

Hani bazen bazı şeyler bitmesin diye susarsınız ya, hani hayalini sevmek her şeyden daha mutlu eder sizi. Yanına gitseniz, hissettiklerinizi söylesiniz belki de tüm hayalleriniz başlamadan bitecek. Belki de onun için yarattığınız dünyada, aslında onun hiç yeri olmadığını anlayacaksınız. İnsan korkuyor. Aşktan değil, hayallerinin kırılmasından korkuyor. Gitmeye korkuyorsam ve susuyorsam hep hayallerime olan aşkımdan. Üzgünüm Yağmur, sanırım hayallerime olan aşkım artık sana olan aşkımın üzerinde. Uzağından, usulca yaşayacağım bu aşkı, hiç haberin olmadan.

Günler ve geceler hep birbirine benzer. Aşklar da öyle... Değişen tek şey fikirlerimiz ve hayallerimiz... Biz aynıyız. Ben hâlâ aynıyım en azından. Uyuyorum, uyanıyorum ve kurtuldum zannederken yine seni seviyorum. İnsan birini sevmekten kurtulmak ister mi? İstiyor işte.

İkinci Bölüm

Her ne kadar kendi hikâyemizin kahramanı olsak da,
hayat bize her zaman kendimiz olma şansını tanımaz.
Hikâye bizimdir ama kontrol kaderin elindedir.

Usul usul sevdiğiniz bir insan,
yanınızda olsa da olmasa da içinizden çıkmıyor.

Bu sabah yine telefonun alarmından tam sekiz dakika önce kalktım. İnsan bir şeylere alışınca, bu durum hayatında süregelen bir şey oluyor. Eskisi kadar elime almıyorum artık telefonumu ve gereksiz gördüğüm tüm numaraları sildim. Kendini iyi hissetmek için, insanın bazı şeyleri silebilmek gibi yetenekleri olmalı. Son zamanlarda beni mutsuz eden herkesi çıkardım hayatımdan. İnsan kendi başına kalınca her şeyi daha iyi idrak edebiliyor.

Yaşadığım tüm zamanlara dönüp baktığımda, sayfalarca acı biriktirdiğimi ve bu hayatta aslında kendim için hiçbir şey yapmadığımı gördüm. Ben başkalarının mutluluğuyla mutlu olan bir adamdım ve kendime hiç zaman ayırmıyordum. Bunu iş işten geçtikten sonra anlamanın acısı beni başka bir boyuta taşıyor. Çünkü on yedi yaşımdaki aşkın değerini bilemedim, on dokuz yaşımda iken beni her şeyden çok seven kızı tanımak bile istemedim. Ben hep bir insana ait oldum, bana hiç ait olmayan bir insana...

İnsan hayatındaki hiçbir şeyden tam anlamıyla sıyrılamaz. Evrende o kadar çok obje var ki, onu hatırlamamak gibi bir lüksü kalmıyor insanın. Benim kurtulduğum tek şey bu aptalca saplantı oldu. Evet, saplantılardan kurtulmak gerekliydi ve bunu yavaş yavaş başarıyordum. Yeni bir hayat için yapmam gereken tek şey, hayatımdaki tek kadını çıkarmaktı.

Anlık şeyler sevdaya dahil olamıyor belki, ama onu düşünerek uykusuz kaldığınız geceleri unutmak hiçbir zaman mümkün olmuyor. Rüzgâr Demirsoy adından vazgeçtim ve kendime bambaşka bir kimlik yarattım. Kimsenin beni tanımadığı, sadece yazdıklarımı okuduğu bir dünya. Herkes ikinci bir hayata sahip olmak ister, belki de bunu en çok ben hak ettim. Bambaşka biri olarak doğmam gerekiyordu. En başından yanlış bir hikâyenin çocuğu oldum ben ve hiçbir zaman üzerimdeki o baskıdan kurtulamadım. Rüzgâr Demirsoy sıradan bir adam olamazdı ama ben hep sıradan bir adam olmak istiyordum. İnsanların soyadım yüzünden bana değer verdiği bir dünya istemiyordum. Sırf bunun için bile her şeyden vazgeçmeye razıydım.

Merhaba ikinci hayatım...

Bu aralar yaptığım en önemli şey, yazılarımı okuyan insanlarla konuşmak ve onlara kendi dünyamdan asla bahsetmemek. İçimdeki beni kimseye sunmadığımda kendimi çok daha özgür hissediyorum. Her gün onlarca mesaj alıyorum. Genel olarak insanların aşk acıları ağır basıyor bu mesajlarda... Bununla birlikte, maalesef insanlar çok paraları olduğunda her şeyin iyi devam edeceğini düşünüyor. İşte gerçek hayat bundan çok farklı. Para önemsizdir demiyorum ama asla her şey değildir.

Çoğu insan paranın ya da şöyle söylemeliyim, çok paranın gerçekten mutluluk getirdiğini düşünüyor. Oysa durum hiç de böyle değil. Dedemden gelen hatırı sayılır bir servete sahibim. Bununla birlikte soyadımın getirdiği bir ünüm var. Bunların hepsi gerçekten çok havalı şeyler gibi gözükse de hiçbir zaman önem verdiğim bir değer olmayacak.

Rüzgâr Demirsoy genç, bakımlı ve sayısız kadının hayalindeki bir adam. Sahip olduğu kariyer ve servet onu çok daha çekici bir adam haline getiriyor. İşte burada insan kendine şu soruyu soruyor: "Sen kimsin Rüzgâr? Eğer Demirsoy ailesinin bir ferdi olmasan yine insanlar için bu kadar değerli olur muydun?"

Hayatım bu sorunun cevabını aramakla geçti ve çözümü kendi kimliğimi unutmakta buldum. Kimsenin adını ve soyadını bilmediği bir adam olarak yaşamak her şeyden kolaydı. Ben Rüzgâr Demirsoy olmaktan korkuyordum ama bunu söyleyebileceğim tek bir insan bile yoktu etrafımda. Yalnızdım ve gerçek bir yalnızlığa kimse tahammül edemezdi. Bu yalnızlık tam olarak şuydu: "Güvenebileceğim tek bir kişi dahi yoktu." İşte hayattaki gerçek yalnızlık budur. Diğer yalnızlıklar bir şekilde çözülebiliyor. Ben bu hayatta yalnız bırakılan ama her hatasını düzelten görünmeyen meleklere sahip bir adamdım.

İnsan seçimlerini doğru yapmalı, en küçük seçimler bile bütün bir hayatı baştan sona etkileyebilir. O anki ruh halinizle dinlediğiniz bir şarkı sizi ölüme de sürükleyebilir hayata da döndürebilir. Ben her zaman hayata dönmeyi denedim, çünkü hikâyemin sonunu gerçekten merak ediyordum.

Nasıl bitecekti bu hikâye? Gerçi sık sık yeni hikâyelere başlayan bir adam olduğumdan, bu hikâyenin sonu da yeni bir hikâye doğuracaktı. Ben bitmesini, bir son bulmasını istiyordum. Biriyle gerçekten mutlu olmak benim en güzel hikâyem olabilirdi. Peki, daha ne kadar bekleyecektim?

Bu bekleyişin ne kadar süreceği konusunda hiçbir fikrim yoktu. Süregelen bir karakteri yaşatmakla meşguldüm artık. Ben artık o olmuştum. O ise ben. Rüzgâr Demirsoy sadece yaşamamıza yardım ediyordu.

"Mecaz Adam"

Her gün aldığım mesajları salondaki çok sevdiğim ikili yeşil koltuğumda oturur, saatlerce cevaplardım. Öyle ki beni okuyan insanların içinde artık arkadaşlarım vardı. Bazılarıyla her gün "Günaydın" ve "İyi geceler" mesajlarını paylaşacak kadar yakındım. Bazıları ise sadece derdini anlatıp gidiyordu.

İnsanlar genel olarak, hiç tanımadığı bir adam ile konuşmanın vermiş olduğu rahatlıktan bahsediyordu. Sevgilisiyle kavga eden kızlar, annesinin kendisini anlamadığını düşünen kızlar ve yine her çeşit sorunu ile gelen sayısız kız. Evet, kızları çekiyordum. Bundan kaçışım yoktu, açıkçası onlarla erkeklerden daha iyi anlaşıyordum. Rüzgâr Demirsoy ile Mecaz Adam burada birbirlerine benziyorlardı.

Yazdıklarımdan çok fazla etkilenip "Seni üzen o kadın elime geçse onu affetmezdim" şeklinde mesajlar atan kızlar bile vardı. Evet, üzülmüştüm ama artık iyiydim. Yine de içimden atamıyordum bazı şeyleri. İnsanın içine saplanan şeyler olur bu hayatta ve nereye kaçarsa kaçsın o saplanan şeylerden kurtulamaz.

Uzun bir süre mesaj cevaplamayı bıraktım, çünkü yazdıklarımı okuyanlar benim için üzülüyorlardı ve ben insanları üzmek istemiyordum. Zamanla farklı mesajlar almaya başladım. Artık erkekler de mesaj atıyordu. Herkesin derdi düzgün bir ilişkiye sahip olmaktı, ancak böyle bir şeyin mümkün olmadığını zamanla öğreniyorlardı.

Bir akşam yine evde mesajları cevaplarken ekranda onun adını gördüm. O anki şaşkınlığımı tarif etmem mümkün değil. Yağmur Atalay ismi. Hayatım boyunca sevdiğim kadın şimdi bana bir mesaj atıyordu. Açamadım mesajını, yazdıklarından korktum. Sadece mesajın başlığını okuyabiliyordum: **"Merhaba, adını bilmediğim ama beni bana anlatan adam."** Oturduğum yerden bir hışımla kalkıp elimi yüzümü yıkamaya gittim. Nasıl oluyordu da yıllar sonra kader tekrar yollarımızı birleştiriyordu...

Allah'ım bu nasıl bir oyun böyle. Kendime gelemiyordum. Beni bir hiç yerine koyan, tüm varlığımı görmezden gelen Yağmur Hanım, şimdi bana mı ihtiyaç duyuyordu! O her şeyi herkesten daha iyi bilen kadın, hiç tanımadığı bir adama mesaj atacak kadar ne yaşamış olabilirdi ki?

Peki ben, ben neden ondan nefret ediyordum? Bu nefretimin önüne geçip onu bana hâlâ sevdiren neydi? Bu nasıl bir çelişkiydi böyle? Hiçbir anlamı yoktu tam da şu anda yaşadıklarımın... Oysa ona söylemiştim. Bir şiir bile yazmıştım. Eminim o şiiri bile okumamıştır. Bana hiç değer vermedi ki zaten!

Şimdi bu mesajı okursam ne olur? Aklım, aklım yine ona mı gider? Ben başkasının olamaz mıyım? Şimdi en baştan

Yağmur'u mu seveceğim yani? En iyisi uyumak, hatta o mesajı okumadan silmek. Eğer o mesajı açarsam yeniden Rüzgâr Demirsoy olacağım ve ben artık o adam olmak istemiyorum. O adam olup her gün yeniden Yağmur için ölmek istemiyorum. Ben Mecaz Adam olarak kalmalıyım. Saklanırsam beni bulamaz, ama buldu işte…

Dedem yine mi haklı yoksa? Aşktan kaçılmaz mı? Yağmur, aşk mısın yoksa acı mı? Yine canımı yakmaya mı geldin? O mesajı okuyacağım. Lütfen beni üzmesin. Artık üzülmek istemiyorum.

Zorda kaldığımda yatak odamda sakladığım kutunun içindeki şiirlere sığınırım. Yağmur'a yazdığım bir şiir geldi elime. Tam da Yağmur gibiydi işte…

Aşk Olsun Sana Kadın

Gitme dedim.
Balkona yaz gelir özlersin,
Yollara gölgem düşer,
Güneşi sırtıma alırım,
Ay doğmadan severim seni,
Ben seni gündüzlerime yazarım,
Gecelerim zaten hep sen dedim.

Islatma yanağımdaki gamzeyi,
Bir kere gidersen alışırsın gitmeye,
Bir kere dönersen sırtını,
Unuturum yüzünü dedim dinlemedin.

Gitme dedim.

Aklına düşerim, taşımaz bacakların seni,

Kalbine düşerim, söndürmez yağmurlar ateşini,

Ben sana benim yüzümden ağlama

Günüme sarı, geceme mavi kal,

Ben sana beni arkanda bırakma dedim.

Dünüme anı, yarınıma acı olma dedim.

Dinlemedin, dinlemezdin zaten,

Çok bilirdin sen ve alışkındın gitmeye,

Ben sana sevgimi hecelerken

Sen bana sırtını ezberlettin.

Sana gitme dedim.

Çünkü bilirim özlersin sen,

Beni özlemesen harflerimi özlersin.

Ben sana;

Benden gidişin dönüşü olmaz dedim.

Sen ne anladın da gittin.

Döndüğüne sevinirim mi sandın?

Aşk olsun sana be kadın,

Sen benden gittiğini mi sandın?

Bütün gece bu şiiri okudum. Her hecesi Yağmur koku-
yordu, bana yaşattıklarını hatırlattı. Bütün gece Rüzgâr
Demirsoy oldum, çünkü âşık olmak bunu gerektirirdi.
Acıtsa da kopmamaktı aşk, yaksa da bırakmamaktı. İçim-
deki yağmura rağmen yalnızlıkla büyüyordum.

Sabaha karşı irkilerek kendime geldim. Saat beş buçuk olmuştu ve gün doğmaya başlıyordu. Ayılamadım. Üzerimi değiştirip yatağa uzandım. Her şey hayal gibiydi. O mesaj belki de hiç gelmemişti. O yorgunlukla nasıl tekrardan uykuya daldığımı bile anlamadım.

Sabah uyandığımda saat yine on buçuk civarındaydı. Kendime gelmek için duşa girdim. Hayat benim için çok rutindi artık. Bundan şikâyetçi değildim. Gece âdeta bir ton dayak yemiş gibi bir türlü ayılamıyordum. Uzun süre duşta kaldıktan sonra çıktım ve üzerimi giyindim. Yine hiçbir planım yok. Bilgisayarı açtığımda Yağmur'un mesajını karşımda görünce yaşadıklarımın gerçek olduğu hissiyle mutluluğa kapıldım. Hemen okumak olmazdı. Zaten bu mesaj Rüzgâr Demirsoy'a değil, Mecaz Adam karakterine yazılmıştı.

Yağmur'dan gelen o mesaj bana bütün hikâyemi yeniden hatırlatmıştı. Sıyrıldığım her şey yeniden karşıma çıkmıştı. Benim bir hikâyem ve üzerime ansızın yağan yağmurlar vardı. Beni Yağmur'a sürükleyen bir ailem vardı.

Üçüncü Bölüm

Aşk insanın önüne bakmamasıdır, çünkü başka türlü kimseyle çarpışamazsınız.

Benim küçük ailem...

Herkesin sakladığı ve değer verdiği bir oyuncağı vardır, geçmişinden günümüze yaşattığı. O oyuncak hep özlediğimiz çocukluğumuzu hatırlatır. Baktıkça anılarda kayboluruz. Hatta oyuncağını özenle koyduğu yerden alıp kimseye göstermeden oynayanlar bile vardır. Benim de hâlâ sakladığım ve en sevdiğim oyuncağım ufak bir araba. Bu araba kırmızı bir vosvos.

İşte hâlâ sakladığım bu vosvosu bana annem hediye etmişti. Belki de bütün çocukluğum bu arabanın bana yaşattığı mutlulukta gizliydi. Babasız bir çocuğun annesine düşkünlüğü kat kat artıyordu. Annem siyah küt saçları olan, elinde her zaman bir fincan çayla gezen, gece gündüz çalışan bir kadındı. Benim annem doktordu. Doktor Müberra Hanım. Sayısız çocuğun hayata merhaba demesine eşlik etmişti. Annem için dünyadaki en değerli şey, iyi yetiştirilmiş bir çocuktu ve bu yüzden beni özenle büyütüyordu.

Babamın olmayışından etkilenmemem için elinden gelen her türlü fedakârlığı gösteriyordu. Bir gün beni dizlerine oturttu ve babamı bir kazada kaybettiğimizi açıklamaya çalıştı. Belli ki bu konuşmayı defalarca kendine tekrarlamıştı. Buruk bir ifadeyle yüzüme bakıyordu. Annemin o halini görünce, ben de çok üzüldüğünü hissedip babasızlığı hiç dile getirmezdim. Sekiz yaşında bir çocuk ne kadar anlıyorsa işte bende o kadar anlayabilmiştim babasız bir çocuk oluşumu.

Annem dünyalar güzeli bir kadındı. Hayatta her şeyin bedelini ödersiniz ama annelerin yaptığı fedakârlığın bedelini hiçbir zaman ödeyemezsiniz. Benim annem de çok fedakârdı. Hem de sadece bana karşı değil, herkesin hayranlık duyduğu bir insan... Hastanede en sevilen doktor, mahallede en yardımsever kadın. Benim bir tanem annem.

Bizim ailemiz üç kişilik bir aileydi. Dedem, annem ve ben. Hayatta en sevdiğim insan dedem Yusuf Efendi'ydi. Hiçbir zaman doğru düzgün arkadaşlıklar kuramadım. Bu nedenle dedem benim ilk arkadaşım oldu. İlk aşkım Yağmur'u bilen tek insan ve bana yazı yazmayı öğreten yine dedem Yusuf Efendi'ydi.

Bazen bir kalem bütün bir hayatı baştan yazar...

Bir gün dedem, elinde küçük mavi bir defter ve biri kurşun diğeri tükenmez olan iki kalem ile yanıma geldi. İkinci sınıfı bitirmiştim o sene ve yaz tatilinin nasıl geçeceği konusunda hiçbir fikrim yoktu.

- Oğlum ne yapıyorsun burada öyle bir başına?

- Kuşları izliyorum dedeciğim.

- Kuşları izlemek çok keyiflidir. Peki o kuşları yazmayı düşündün mü hiç?

- Yoo...

İşte o an kendime sorduğum ilk şey, "Bir insan neden yazar ki?" oldu. Bunu dedeme sormadım. Sadece çocuk aklımla düşündüm. Kuşları izlemek kadar keyifli olabilir miydi kuşları yazmak? Bunu şimdi anlıyorum. Yazmak her şeyden daha çok keyif veren bir şeymiş. Dedem konuşmasına devam etti:

- Al bu defteri ve kalemleri.

(Küçük mavi defteri ve iki kalemi elime tutuşturdu.)

- Ne yapacağım bunlarla?

- Yazacaksın evladım. Ne istiyorsan yazacaksın. Bu hayat, içini boşaltmadığın sürece yakanı bırakmaz. Sana iki kalem veriyorum. Birinin adı tükenmez diğeri ise okulda kullandığın gibi kurşunkalem. Zaman içinde, tükenmezkaleminin de tükendiğini göreceksin. Bu hayatta tükenmeyen hiçbir şey yoktur. Kurşunkalemin ise sen yazdıkça küçülecek. İşte bu bize en güzel mesajdır. Yazdıkça küçüleceksin evladım, çünkü yazmak korkakların işi değildir. Yazmak, içini kâğıda dökmeyi başarmaktır. Sen kuşları yaz, bakarsın bir gün bütün dünya kuşları senden dinlemek ister.

- Peki dedeciğim.

O gün bugündür elimden kalem düşmedi. Ne yazdığıma bakmaksızın durmadan yazdım. İşte bugün hâlâ kulağımda dedemin o cümlesi çınlar: **"Sen kuşları yaz, bakarsın bir gün bütün dünya kuşları senden dinlemek ister."**

"Bütün dünya kuşları benden dinlemek ister miydi?" diye düşündüm bütün gün. O gün yazmaya başladım ve o gün bugündür içimi, döktüğüm kâğıtlardan topluyorum. Aşkımı döktüğüm kâğıtları, bir kuş gibi göğüs kafesimden salıyorum. Dedem olmasaydı belki de bir ömür içimde hapis kalacaktı o kuşlar. İyi ki o gün bana o kalemleri vermiş.

Aile, insan hayatında muhakkak ki çok kıymetli bir değer, fakat dışarıda da bir hayat var. Tanıştığımız insanlar, tanışmak zorunda kaldığımız insanlar ve mekânlar, bir ömür boyu hayatımıza hayatını kazıyacak isimler...

Rüzgâr ismini annem Müberra Hanım koymuş. Ben bu hayatta en çok ismimi sevdim. Annem hep çok anlamlı bir ismim olduğunu söyler ve bu isme göre davranmam gerektiğini anlatırdı. Şimdilerde daha iyi anlıyorum ki bahsettikleri isim, "Demirsoy" ailesinin bir ferdi olmamdan geliyordu. Rüzgâr ne suya ne ateşe yenilirdi. Suyu oradan oraya sürüklerdi, ateşi ise bir hışımla yayabilirdi.

Bir de yağmur vardı. Rüzgâr, Yağmur'a hiçbir şey yapamıyordu. Ne savurabiliyor ne de yayabiliyordu. Yağmur, hayatıma kazıdığım ve hiç silemediğim bir isim oldu. Belki de bütün ömrümü ıslanarak geçirdim ve bundan Yağmur'un hiç haberi olmadı.

Kalbime düşen ilk yağmur...

Henüz sekiz yaşında bir çocukken başlamıştım onu sevmeye. Bahçelerinde bir o tarafa bir bu tarafa koşuşturan bir kız çocuğuydu. Bense daha o yaşlarda içindeki boşluğu hissetmiş olan ve hayatındaki her şey dedesi Yusuf Efendi ve annesi Müberra Hanım'dan ibaret olan bir çocuktum.

Yağmur ne zaman bahçelerinde "Baba!" diye bağırsa içim tuhaf olurdu, çünkü ben hiçbir zaman baba diyemeyecektim. Yağmur'un babası Sinan Amca çok sevecen bir adamdı. Herkesin özendiği baba kız ilişkisi onlarda vücut bulmuştu.

İçten içe kıskanırdım Yağmur'u ve yine içten içe severdim. Nasıl oldu da onu sevmeye başladım hiç bilmiyorum. Hayat bazen, bazı insanları sevmemiz için karşımıza çıkarıyor ve biz, "Neden o insan?" diye soramıyoruz.

Yağmur çok güzel ve çok şımarık bir kızdı. Bir evin bir kızıydı. Benim de ondan pek farkım yoktu, ben de bir evin bir oğluydum. Bu bizim ilk ortak yönümüzdü. Bizi ilk ayıran özelliğimiz ise benim bir babamın olmamasıydı. Yağmur babasıyla sürekli eğlenirken, ben dedemle büyük bir adam gibi sohbetler içinde buluyordum kendimi.

Yaklaşamıyorduk. Zaten onun bana yaklaşmak gibi bir niyeti, benim de böyle bir cesaretim yoktu. Hem sekiz yaşında bir çocuğun sevgisine kim inanırdı ki? Çocuktum ama kıskanıyordum Yağmur'u. Ortada onu kıskanabileceğim biri de yoktu. Çocukluğumun en güzel, en temiz sevgisiydi Yağmur. Kaybedilmeyecek kadar güzel.

Onunla ilk yakınlaşmamız bisikletlerimizin çarpışmasıyla oldu. Ben bisiklete binmeyi pek sevmezdim. Sırf o bisiklete biniyor diye bir gün bisikletimi çıkardım ve sürmeye başladım. Evlerimizin bulunduğu alanın yaklaşık elli metre uzağında bisiklete binmek için güvenli olan boş bir alan vardı. Mahalledeki tüm çocuklar orada bisiklete binerdi.

Yağmur'un çok güzel pembe bir bisikleti vardı. Bütün kız çocukları gibi o da pembe rengine âşık olanlardandı.

İlerleyen zamanlarda anladım ki pembe, Yağmur için bir çocukluk tutkusu olarak kalmamıştı. Hayatının her yanı pembeydi. Tozpembe hayalleri gibi...

İyi bir bisiklet kullanıcısı değildim. Dönüşleri güzel yapamıyordum. Yağmur ise bana göre oldukça iyiydi. Nasıl olduğunu hiç anlayamadığım bir anda, Yağmur ve ben karşı karşıya geldik ve çarpıştık. Ben düştüm o ayakta kaldı.

Düştüğüm yerden biraz utanarak ona doğru baktım. Kıvırcık saçlarını sağa sola savurup ikimize ait olan ilk cümleyi kurdu:

"Önüne baksana ya!"

Bir şey söyleyemedim. Yavaşça kaldırdım bisikletimi. Ben üzerimdeki tozu temizlerken o hâlâ bana bakıyordu. Aslında, "İyi misin?" diye sormasını bekliyordum. Belki bu sayede konuşabilirdik diye düşünmüştüm o an. Tüm olanlar hafızamın en güzel, en zarar görmeyecek köşesinde saklıdır. Hiçbir şey söylemedi. Bisikletine binmeye devam etti ve evlerine doğru gitti.

Sekiz yaşında küçük bir adamdım. Bugün o sekiz yaşındaki halimden şunu öğrendim... **Aşk insanın önüne bakmamasıdır, çünkü başka türlü kimseyle çarpışamazsınız.** Eğer herkes önüne bakarsa kimse aşkı tadamaz.

Yağmur çiselemeye başlamıştı. Bisiklete bindiğimiz o alan çamur olmuştu. Islanmadan hemen eve gitmem gerekiyordu ama ben ıslanmak istiyordum. Kulağımda bir şarkı, **"Önüne baksana ya!"** diyordu. Yağmur'a tutulmuştum, kaçmak mümkün değildi. Islana ıslana eve gittim.

Annem kapının önünde beni bekliyordu. Gördüğü anda, "Neredesin Rüzgâr, gelsene oğlum buraya, ıslanıyorsun!" dedi. Yüzümde aptal bir gülümsemeyle ona doğru ilerliyordum. Bisiklete binmiyordum, yanımda taşıyordum.

Annem ne olduğunu anlamamıştı.

"Eyvah oğlum, senin dizin kanıyor, çok yandı mı canın?"

Gülümseyerek dizime bakmıştım, normal şartlarda ağlamam gerekiyordu ama o küçük yaradan haberim bile olmamıştı.

Hemen beni eve çıkarıp dizime pansuman yaptı. "Nasıl oldu, daha iyi misin?" diye sordu. "İyiyim, çok iyiyim..." dedim.

Hayatım boyunca o günü unutamam ben. Çocukluğumun güzel kızı Yağmur'un, hayatımı esir alacağını nereden bilebilirdim ki?

Dördüncü Bölüm

Bazen, bazı şeylere gereğinden fazla üzüldüğünüzü anlarsınız. Zaman size bunu en iyi anlatan şeydir.

Pencere kenarında beklediğim bir aşk var...

Bir insana alışmak gökyüzüne alışmaya benzer, derdi dedem ve çok olmuştu ben o insana alışalı. Yağmur benim her şeyim olmuştu. Hiçbir şeyden haberi yoktu belki, ama o benim için çok değerliydi. Benim nefesim, benim gökyüzüm, o ilk çarpışma anından beri Yağmur oldu.

Ben ondan gözlerimi alamazken onun gözleri hep başkalarındaydı. Bu beni umursamadığından değil, sadece beni bir sevgili olarak görmediğindendir, diye düşündüm hep. Evlerimiz yan yanaydı. Beraber büyüdük. Onunla geçirdiğim vakti hiçbir arkadaşımla geçirmedim. Zaten çok arkadaş canlısı biri değildim. Yağmur her şeye yetiyordu. Onun yanında vakit çok hızlı akardı. Öyle alışmıştım ki ona, yaz tatillerindeki ayrılıklar bile beni mahvediyordu.

Ona olan duygularımı hiçbir zaman fark etmedi. Bende de onu karşıma alıp konuşacak bir cesaret hiç olmadı. Böyle uzaktan sevmek o kadar güzel ve zararsızdı ki, sanki elini tutsam tüm büyü bozulacaktı. Sanki bir daha "ikimiz" diye bir şey olmayacaktı. Zaten, ikimiz diye bir şey hiç olmuyordu ki...

Yağmur ile aynı ilkokula gittik, aynı ortaokulda okuduk ve aynı liseyi kazandık. Ne zaman ona açılmaya karar versem yanında hep başka çocuklar olurdu. Bir keresinde kitabının arasına bir not bırakmıştım. Daha sonra ona duygularımı anlatacaktım ama korkaklık yaptım, yine gidemedim yanına. Yazdığım nota da başka bir sevgilisi, "Ben yazdım" diye atladı. Sonuç olarak ellerimle kaybediyordum onu. Yağmur'un peşinde kendimi tükettim ve beni seven kızları hep görmezden geldim. Çünkü aşk böyle bir şeydir, birinde kaybolduğunuz anda başka birisinin hayatınıza dokunması imkânsızlaşır.

İnsan ne yaparsa yapsın cezasını kendi çekiyor. En büyük cezayı da susarak veriyoruz kendimize. Konuşsak belki her şey tam da istediğimiz gibi olacak ama buna cesaret edemiyoruz. Bizimki uzaktan uzağa bir aşktı. Evet, bu yaşadığımıza aşk diyebilirdik. Bazen bana öyle bakıyordu ki, âşık olmayan bir kız böyle güzel bakamazdı. Belki de bana hiç âşık olmadı, ben sadece kendimi kandırdım. Hep yapmaz mıyız bunu zaten. Âşık olduğunu hissetmek ve o saçma sapan anlarda göz göze gelmek dünyanın en güzel şeyidir. Yağmur, ikimiz diye bir şey var etmek istemiyordu ama ben bunu çok istiyordum.

Lisenin bitiminde mezuniyet partisinin yapılacağı duyuruldu. Hepimiz üniversite sınavına hazırlanmaktan yorgun düşmüştük ve güzel bir eğlenceyi hak ediyorduk. O partinin en şık isimlerinden biri olmalıydım. Annem Müberra Hanım, sırf bunun için özel bir kıyafet hazırlatmıştı bana. O gece mükemmel görünüyordum. Aslında kendimi çok yakışıklı buluyordum ama bunu itiraf edemiyordum.

Yağmur'a duygularımı anlatmanın vakti gelmişti artık.

En azından ben öyle hissediyordum ve ona partiye benimle gelmesini bir mesaj göndererek teklif ettim. Yağmur da nasıl olduğunu anlayamadığım bir şekilde kabul etti. Normal şartlarda, lise boyunca sürekli yanında olan Berker ile birlikte gideceklerdi ama teklifimi kabul etmesi beni mutlu etmişti.

Saat sekize on kala evlerinin önündeydim. Yağmur sekiz buçukta aşağı inebildi. Beni kırk dakika beklettiği için özür diledi ama farkında değildi ben onu senelerdir bekliyordum. Aşk bir bakıma beklemekti, çünkü kimse aşka gidemiyordu, aşk isterse kendisi geliyordu.

O gece bir yağmur damlası kadar güzel ve sade giyinmişti. Çok güzel kokuyordu. Koluma girdi. Dünyanın en mutlu kavalyesi olmuştum. Söyleyemediğim bir aşkı kollarında yaşıyordum. O an ölebilirdim işte, ölmeliydim.

Partide ya herkes Yağmur'u izliyordu ya da bana öyle geliyordu. Belki partinin en güzel kızı o değildi ama benim için çok başka bir güzelliğe sahipti. Bütün gece kollarımdaydı. Hayatımın en güzel dakikalarını geçiriyordum. Konuşmuyorduk. Yine arkadaştık ama o gece sanki bir sevgilim varmış gibi hissettim. Bunu ona hissettirmeyi o kadar çok isterdim ki... Korkularımı yenmek üzereydim. Ne olacaksa olsun, diye düşündüm.

Ve o şarkı çalmaya başladı: *Wild World.* Bu şarkının sözleri kesinlikle Yağmur için yazılmış olmalıydı. Yağmur'u dansa davet ettim. Elini ellerime aldığımda kalbimin sesini yalnızca müzik bastırabiliyordu. İyi ki vardı.

- İyi misin Rüzgâr?

- İyiyim. Hiç bu kadar iyi olmamıştım.

Heyecandan yüzüm solmuştu belki de… O an yere düşecek olsam bile bırakmazdım onu. Böyle bir anı belki de bir daha hiç yaşayamazdık.

- Ya, aslında sana haksızlık ettim, o yüzden bunu açıklamam gerek. Ben Berker'e söz vermiştim, son anda iptal ettiği için de seni kırmak istemedim.

- Öyle mi? Sorun değil, ikinci olmak da güzel.

- Sorun etmediğine sevindim. Neyse boşver, üniversiteyi nerede okuyacağına karar verdin mi?

- Hayır, henüz seçemedim. Sen?

- Ben yurtdışına gideceğim. Bizimkiler öylesinin çok daha iyi olacağını düşünüyor.

- Oturalım mı, çok terledim.

- Oturalım.

Evet oturmuştuk ama bu sözler de kalbime oturmuştu. Bir kere daha ona açılmaktan vazgeçtim. Eğer doğru zaman, doğru mekân diye bir şey varsa o gelir bizi bulurdu. O an ne yapacağımı bilemedim. Oysa birkaç dakika önce ona olan aşkımı itiraf etmeye o kadar yakındım ki… O sustu, ben sustum. Hayat sustu.

O büyülü gece bir anda berbat bir geceye dönmüştü. Yağmur gidiyor muydu yani?

Bazen, bazı şeylere gereğinden fazla üzüldüğünüzü anlarsınız. Zaman size bunu en iyi anlatan şeydir...

Ertesi gün, Yağmurların evinin önünde spor bir araba gördüm. Balkonda oturmuş kahvemi yudumlarken arabadan Berker indi. Yağmur arabaya doğru ilerliyordu. Berker, Yağmur'u öptü ve arabaya geçtiler. Balkonda öylece kaldım. Araba gitti. Az sonra bahçe kapısı açıldı ve annem geldi. Biraz konuştuktan sonra, Yağmur'un Berker ile yurtdışına gideceğini söyledi bana.

Yağmur'u sevdiğimden annemin bile haberi yoktu. Bu kötü haberi de annem Yağmur'un annesinden duymuştu.

Yağmur'un yurtdışına gideceğine üzülmüşken bir de Berker çıkmıştı şimdi. İyiden iyiye kimsesiz kalmıştım. Tek arkadaşım, sevgilim, sırdaşım Yağmur gidiyordu. Ben ise arkasından en fazla su dökecek olan bir adam olarak, balkonda kahvemi yudumluyordum.

Ne yapacağım konusunda hiçbir fikrim yoktu. İnsan bazen ölesiye susmak istiyor. Dün gece rüya gibiydi. Her şey neden bir anda değişiyordu bu hayatta. Ne yapacaktım şimdi? Bütün gün onu bekleyecektim, yapacak hiçbir şey yoktu. Odama gittim, biraz müzik dinledim ve sonra yine balkona çıktım. Sonra tekrar odama geçtim. Ardından balkona çıktım.

Sıkışmıştım bu küçücük yere ve aklım fikrim Yağmur'un şu an nerede olduğuydu. Elim telefona gitti. Acaba bir mesaj atsam cevap verir miydi? Büyük ihtimalle görmezden gelirdi ama denemekten zarar gelmezdi. Ona bir mesaj atmaya karar verdim. Her konuyu bu kadar derinlemesine düşünmemeliydi insan. Ben çok düşünüyordum. Bu belki de bir dışlanma ve uzağında kalma korkusuydu.

"Dün geceden sonra uyanabildin mi?" yazıp gönderdim. Aradan tam elli dört dakika geçmişti ki cevap geldi: "Şu an Berker ile dışardayım, sonra konuşalım."

Bu alabileceğim en kötü cevaptı. Hani insan bazen, bazı şeyleri bilir ama o bildiği şeyleri başkasından duyduğunda canı yanar ya... İşte tam da öyle yanmıştı o gün canım. Bütün gün balkonda oturdum. O gelmeden odama geçmeyecektim. Dün gecenin de yorgunluğuyla biraz dinlenmek isteyip odaya geçtiğimde uyumuş kalmışım yatakta. Uyandığımda saat sabaha karşı üç buçuk olmuştu. Hemen pencereye koştum. Yağmur'un odasının ışığı yanıyordu. Ben odamın ışığını yakmadım. Kendi kendine dans ediyordu... Onu öylece izledim. Gününün güzel geçtiği her halinden belliydi. Yatağıma geçip ona bir "iyi geceler" mesajı attım. Çok geçmeden cevap geldi: "İyi geceler canım."

Bilgisayarıma uzandım ve *Wild World* parçasını açtım. Yapacak bir şey olmadığında, kendimi sevdiğim şarkılara teslim ediyordum. Bu hayatta teslim olduğunuz hiçbir şarkı sizi esir almaz. Sizi özgürlüğünüzden etmez. İşin aslı, bu hayatta sadece şarkılara teslim olmalı insan. Ben de öyle yapmıştım o gece. Yağmur'u düşünerek uyudum. O sabah uyanmasam da olurdu.

Beşinci Bölüm

Bazı bedenler birbirine yasaktır.
Bazı gözyaşları sadece insanın kendi görebileceği kadardır
ve bazı aşklar sadece bir kişiyi yakacak kadar ateşe
sahiptir.

Hangi mesafe bir aşkı bitirebilir ki!

İnsanoğlu çoğu zaman hikâyenin nereye gideceğini kestiremiyor... Bazense hikâyenin nereye gideceğini düşünmek bir yana, tamamen o hikâyeden vazgeçmek istiyor. İnsan elbette yalnız yaşayabilir ama birine alıştıysa ve onsuz kalacaksa bunun adı yalnızlık olmuyor. Bizlere yalnızlığı çok yanlış öğrettiler. Etrafınızda kimse yoksa yalnız olduğunuzu hissedebilirsiniz ama etrafınızda çok alıştığınız biri yoksa eğer, bunun adı yalnızlık değil, onsuzluk oluyor.

Herkesin hayatında böyle durumlar vardır. Alıştığı birini kaybetmenin ne olduğunu anlatmaya kelimelerin yeteceğini sanmıyorum. Ben vedalara alışkın değilim. Gitmelere, yeniden sevmelere gücüm yok belki de... Çaresiz hissediyorum kendimi. Çocukluğumun aşkını, bilmediğim bir ülkeye tanımadığım bir adam ile yollayacağım. Onu üzecek mi bilmiyorum. Ona nasıl davranacak, değerini bilecek mi bilmiyorum. Bildiğim tek şey ben artık onsuz kalıyorum.

Gideceği gün yaklaştıkça içime mutsuzluk çöküyor. Kendimi iyiden iyiye kelimelere bırakıyorum. Doldurduğum boş sayfaların haddi hesabı yok şu sıralar. Tükeniyorum, evet evet bu bir tükeniş. Yazmak yeniden doğmaktır, derdi dedem. Ben her doğuşumda bir kez daha tükeniyorum. İyi hissetmiyorum kendimi. Bütün uzun cümlelerin özeti aslında bu. İyi hissetmiyorum ve bunu hiç kimseye söyleyemiyorum.

Her şey üzerine düşünmek için mesai harcayan bir adam olarak büyüdüm ben. Ansızın verdiğim kararlar hiç olmadı. Belki de değişmeliydim, belki de çok geç kaldım değişmek için. İnsan gençliğinde ne yapacağını bilemiyor ve hep çekiniyor. Ben hiçbir zaman Berker gibi olamadım, başka başka kadınların ilgisini çeken biri değildim. Etrafıma çok bakmazdım zaten. Benim gözümün gördüğü tek şey Yağmur'un gözleriydi. Onun bütün davranışlarını ezbere bilirdim ben. Eminim benim bildiklerimden Berker'in haberi dahi yoktu.

Yağmur, yemek yedikten sonra dudaklarını silmek için peçeteyi iki eliyle tutup önce üçgen haline getirir ve daha sonra üçgenin kenarlarından tutarak dudaklarını siler ve iki elini ortada birleştirirdi. Bu bana çok şirin gelirdi, oysa çok basit bir şeydi herkes için. Bağcıklarını çoğu zaman ayakkabılarının içine sokardı, bağlamaya üşenirdi. Çantasında mutlaka bir su şişesi taşırdı ve ona hediye ettiğim bilekliği bileğinden hiç çıkarmazdı. O bileklik çıktığında "biz" diye bir şey olmayacaktı. Aynı bileklği takıyorduk ve bundan ikimizden başka kimsenin haberi yoktu. Arkadaştık biz ona göre. Bana sorarsanız aşkın ateş haliydik ama tek yanan bendim.

Berker, Yağmur'u tanımıyordu bile. Yağmur onun için özel biri değildi. Belki de geçici bir hevesti tüm hissettikleri. Bunu ben görebiliyordum ama Yağmur Hanım göremiyordu. Biz beraber çok mutlu olabilirdik ama bir türlü o yola giremiyorduk. Her anım Yağmur ile geçiyordu. Bütün gece ışıkları sönene kadar penceremden onun penceresine bakarak yazılar yazardım. Yine öyle bir gecede, ona vermek için bir mektup yazdım:

Kalbim kırılmış olabilir bunu lütfen umursama...

Elbette bazen düşünmüyor değilim. Bir şeylerin bitmesi için başlaması gerekli. Ben bir şeylere başladığımızı düşünmüştüm. Tam olarak bir isim koymadım tüm bu olanlara. Ortada ikimiz diye bir şey yokken bile hep varmış gibi hissettim. Ben aslında bir gün senden dinleyebileceğim bir "ikimiz" yaratmak istedim.

Bu konularda beceriksizim ama yeri geldiğinde en güzel ben severim. Bazen senin yerinin gelmediğini düşünüyorum. Evet evet, benim için yaratılmamış olabilirsin. Ben senin filmindeki bir figüran olabilirim ama bazen figüranlar başroldeki kadın oyuncuya âşık olabiliyor. Sanırım. Sana karşı hissettiklerim tam da böyle...

İnsanın içini dökemediği zamanlar olur, işte tam öyle bir gündeyim ben. Hem sevip hem susmayı öğreniyorum bugün. Hiç öğrenmek istemezken. Oysa öğrenmeyi çok severim ama böylesi bir öğrenme tam bir vurgun. Senden en son isteyeceğim şey, beni benimle bırakman olurdu ama sen bunu en başta yaptın.

Bazı bedenler birbirine yasaktır küçük hanım. Bazı gözyaşları sadece insanın kendi görebileceği kadardır ve bazı aşklar sadece bir kişiyi yakacak kadar ateşe sahiptir.

Sen giden olmayı seçiyorsan eğer, ben kalıp yanan olmaya razıyım. Yandığım da sensin kandığım da... En acısı da insanın kendi gözyaşı kalbindeki ateşi söndürmüyor. Bu kadar suyun içinde böylesine yanmayı becerebiliyorum da seni kendime saklamayı beceremiyorum... Helal olsun bana!

Kalbim kırılmış olabilir.

Bunu lütfen umursama...

Çünkü ilk kez olmuyor, son da olmayacak.

Sana mutluluklar dilemiyorum, benim dileyeceğim bir mutluluğa ihtiyacın yok ama yine de mutlu ol. Olabilirsin umarım.

Ben tadı olmayan bir kentin çocuğu oluyorum artık. Sensizlik kimine göre çok büyütülecek bir şey değil ama ben her şeyden önce seni çok büyütmüşüm içimde. İnsan birini içinde büyüttüğünde zaman zaman nefes bile alamıyor.

Kalp, içinde bir aşkı taşıyacak kadar güçlü, ama ben âşık olduğum kadını hiç tanımadığım ellere teslim edecek kadar güçlü değilim.

Gitme desem faydası yok. Yine içime kapanıyorum. Suskunluklarım, konuşacak bir şeyimin olmadığından değil. Konuşsam faydası olmayacağından. Umarım bu sensizlik denen şeyin öldürücü bir yan etkisi yoktur. Umarım en kısa zamanda dönersin. Söyleyeceklerim senin için çok da önemli şeyler değil. Ben özet geçeyim en iyisi.

Seviyorum.

Sevmek yetmiyordu, cesaret gerekiyordu.
Susarak hiçbir kadını elde edemezdiniz...

Gitmesine sayılı günler kalmıştı artık ve biz nedense hiç konuşmuyorduk. Aklımdaki tek şey ona bu mektubu vermekti ve ona bu mektubu verecek cesaretim yoktu. Belki gideceği gün bunu yapabilirdim ama gideceği gün bunu yapmak çok aptalca olurdu. Ben onun kalmasını istiyordum, son güne kadar beklemek yapacağım en büyük hata olurdu.

Telefona sarıldım ve ona, "Nerelerdesin, ortalıkta görünmüyorsun, yarın görüşelim mi?" yazdım. Çok geçmeden cevap geldi: "Olur tabii, gitmeden son bir kez konuşalım." dedi. Yarın görüşmek için anlaşmıştık. Kapı komşum olan bir kızdan böyle randevu almak bile saçmaydı ama yapacak bir şey yoktu. Ben çekingen bir gençtim. O gün çıkıp biraz alışveriş yaptım. Belki de Berker gibi olmaya, onun gibi giyinmeye çalıştım. Belki de tüm sorun kıyafetlerimdi.

İnsan umudunu kaybedince sorunu bambaşka
yerlerde arıyordu. "İkimiz" diye bir şey yoktu ve
ben buna inanmak istemiyordum...

Şansımıza o gün çok güzel bir hava vardı. İstanbul her mevsim güzel bir şehirdi. Dünyanın en güzel şehriydi. Ağustos sıcakları iyice artmıştı ve terlememek mümkün değildi. Hem heyecandan hem sıcaktan bir hayli terlemiştim. Üzerimde siyah baskılı sonsuzluk işareti olan beyaz bir tişört ve kot bir şort vardı. Elimde telefonumla oyalanıyormuş gibi yaparken büyük bir heyecanla kapıdan çıkmasını bekliyordum. Tam arayacakken merdivenlerde onu gördüm. "Tamam anne, geç kalmayız..." diyordu.

O kadar güzel olmuştu ki, içimde Yeni Türkü'nün *Aşk Yeniden* parçası çalmaya başladı. Şeker pembesi bir elbise giymiş ve beyaz ufak bir çanta takmıştı koluna. Elinde güneşten korunmak için aldığı hasır beyaz bir şapka vardı. Ayaklarındaki beyaz bez ayakkabılar ile bana yürürken, bir meleği andıran gülüşüyle aklımı başımdan alıyordu. Âşıktım ben, bunun başka bir açıklaması yoktu.

- Çok beklettim mi Rüzgâr?

- Hayır Yağmur. Hem beklemiş olsam da bir sorun olmazdı bu.

- Eee... Nereye gidiyoruz şimdi?

- Sahilde yürüyelim mi?

- Bana pamuk şekeri alacaksan olur.

(Sen bana bir kere gül, ben sana pamuk şekeri makinesi alayım aşkım, demek istedim ama diyemedim. Hep içime attığımdan büyüdüm ben. İçimde birikenler beni hem bitiriyordu hem büyütüyordu.)

- Tabii ki alırım, hadi gidelim.

- Hadi...

Bütün gün Yağmur ile beraberdik. Balo gecesinden sonra hayatımın en mutlu günüydü bu. Beni ne kadar mutsuz ederse etsin, bir gelişiyle tüm dünyamı yerle bir eden kadını hiçbir şeye değişemezdim. O gün onu yıllar boyu sorgusuzca seveceğimden emin oldum. Gözüm başkasını görmüyordu. Kimine göre bu bir saplantıydı. Bana sorarsanız aşkın en saf haliydi. Eğer Yağmur'un haberi olsaydı, bu kadar saf kalır mıydık bilmiyorum. Bilmek de istemiyordum.

Lunapark'a gittik ve çocuklar gibi atlı karıncaya bindik. Aşk çocukluk değil midir zaten? İlk defa kırmıyordu Yağmur beni. Sanki bir idam mahkûmunun son isteğini gerçekleştirir gibi, her dediğime tamam diyordu. Telefonunu birkaç kez meşgule verdi ama ısrarlı aramalar sonunda açtı.

- Ne var Berker? Arama beni lütfen.

Berker'in ne dediğini bilmiyorum ama o telefon hemen kapandı. Ne olmuştu acaba? Soramadım. Benim yanımdaydı. Belli ki biten bir şeyler vardı. Yağmur kızmıştı ve belki de sırf bu yüzden bugün benim yanımdaydı. Berker'i kıskandırmak için kullandığı bir oyuncak mıydım?

Bunu çok sonra anlayabildim. O gün yazdığım mektubu Yağmur'a verdim.

- Bak, burada bizi anlatan bir şeyler var Yağmur.

- Benim için mi yazdın?

- Evet. Seni düşünerek yazdım.

- Şimdi mi okuyayım?

- Yoo... Akşam eve gittiğinde okursun.

- Peki, anlaştık.

O gün o telefonu açıp Berker'i terslemeseydi, o mektup eline hiç geçmeyecekti belki de... Bir umutla tüm hissettiklerimi avucuna döktüm. Rüzgâr Demirsoy artık Yağmur'un avuçlarındaydı. Geri adım atamazdım. Onu seviyordum ve o bunu öğrenecekti.

Altıncı Bölüm

Ne zor şey insanın hissettiklerini söyleyememesi.
Ne zor şey severken susmak.
Bu ömür bu susmalar için fazla kısa değil mi?

Aynı gökyüzüne aidiz,
ne kadar uzağa gidebilirsin ki!

Günler birbirini kovalıyordu ama Yağmur'dan bir haber gelmiyordu. Onun hakkındaki haberleri sadece annem Müberra Hanım'dan alabiliyordum. Anneme söylemeyi, Yağmur'u anlatmayı çok düşündüm ama yapamadım. İkimizin arasında hiçbir şey yokken böyle bir konuyla annemi de üzmek istemiyordum. Sustukça boğuluyordum. Bana tek iyi gelen şey dedemdi. Anlıyordu beni. Her şeyden önemlisi beni büyük bir adam gibi karşısına alıp dinliyordu her zaman.

Çaresizliğimin tavan yaptığı günlerden birinde yine balkonda bir başıma oturuyordum. Elimden eksik etmediğim mavi bir kupa vardı. İki sene önce okulda yaptığımız yılbaşı çekilişinde benim adımı çekmişti Yağmur ve hediye olarak bu mavi kupayı almıştı. Hayatımdaki en değerli nesnelerden biriydi bu kupa. Bütün kahvelerimi, çaylarımı bu kupa ile içerdim. Sanki Yağmur dokunmuş gibi bir tat alırdım. Bazen de öfkelenirdim. Neden Yağmur yanımda değildi ki! Neden beraber içmiyorduk ki çaylarımızı...

Yaz tatilim berbat geçiyordu. Hiçbir arkadaşımla görüşmek istemiyordum. Sadece bazı günler dedemle şirkete gidiyordum, hepsi bu. Dedemin istediği gibi bir adam olacaktım. Dedem her ne kadar beni öyle bir adam olmaya zorlamasa da, içten içe şirketi bırakacak bir torun istiyordu. Kendimi hiçbir zaman Rüzgâr Demirsoy olarak göremedim. Büyük şirketlerin başında olan bir adam olmak bana göre değildi ama dedemi de üzemezdim. Annemin ve dedemin tek varlığı bendim. Onlara layık bir evlat olmalıydım.

Benim aklımdan bunlar geçerken, dedem çoktan yanıma oturmuş, haberim bile olmamıştı. Ellerini karnının üzerinde bağlamış kuşları seyrediyordu. Dedemin öpülesi elleri vardır. Tombik ve sarma gibi. Kendine has olan kokusu da, onu mükemmel bir dede yapıyordu. Bakışları olsun, gülüşü olsun güven veriyordu. Konuşmaya başladığında onu saatlerce dinleyebilirdiniz.

- Affedersin dedeciğim geldiğini görmedim.

- Önemli değil evladım, canın bir şeye mi sıkkın senin? Paylaşmak ister misin benimle?

- Yok. İyiyim, sadece biraz dalmışım. Bir sıkıntım yok.

- Anlatmak istediğin bir şey olursa dinleyebilirim.

- Önemli bir konu yok dedeciğim. Eğer olursa tabii ki seninle paylaşırım.

- O zaman ben küçük bir şey anlatayım sana... Senden biraz daha büyüktüm ve bir kıza âşıktım ama söylemek ne mümkün. En yakın arkadaşımın kız kardeşini seviyordum ben. Düşünsene, yediğimiz içtiğimiz ayrı gitmeyen bir adamın kız kardeşini seviyordum. Bizim zamanımızda böyle şeylere iyi bakılmazdı, gerçi şimdi bile hoş karşılanmıyor. İşin özü, kimse kalbin ne dediğine bakmıyor. Ne yani, arkadaşımın kız kardeşine âşık olmak beni kötü bir adam mı yapıyordu? Elbette yapmıyordu ama toplum bunu böyle algılamıyordu.

Bir başkasını sevebilirdim ama en yakın arkadaşımın kız kardeşini sevemezdim. O kızı başkaları sevebilirdi. O kız da beni sevemezdi zaten ama seviyordu işte. Seviyorduk birbirimizi ve susuyorduk. Sustukça yoruluyordum ve daha yirmi dört yaşında bir delikanlıydım. Sadece yazıyordum ona olan aşkımı. Belki bir gün yan yana geliriz umuduyla... Annelerimiz, babalarımız arkadaştı. Bazı akşamlar misafirliğe gelirlerdi bize. Öyle seviyordum ki onu, öyle istiyordum ki, elinin değdiği her yer cennetim oluyordu.

Abi, diyordu bana biliyor musun? Bazen de ismimle hitap ediyordu. Bir keresinde, "İyi akşamlar Yusuf" derken duymuş abisi. "Sen ne biçim arkadaşsın!" diyerek çıkıştı bana. Benim haberim yok tabii bu durumdan. "Ne oldu?" diye sormaya kalmadı, sol kaşımın üzerine indirdi yumruğu! Kaşım öyle bir açıldı ki, tam sekiz dikiş attılar. O günden sonra ben en yakın arkadaşımı kaybettim. Sevdiğim kızı da. Bunlar bir zaman sonra Bursa'ya yerleştiler. Kız giderken bana mahalledeki ufak bir çocukla mektup göndermiş. Ne yazıyordu biliyor musun mektupta? Okumak ister misin?

- Çok merak ediyorum ne yazdığını?

- Al oku o zaman. Ben bu mektubu hiç yanımdan ayırmadım.

Dedem, yeleğinin cebinden çok eski bir mektup çıkartarak bana uzattı. Hayatımda ilk defa bu kadar eski bir mektuba dokunuyordum. Dedem özenle saklamıştı bu mektubu. Üzerinde yılların kokusu ve büyüsü vardı. Artık mektubu katladığı yerler çok belirgin izler oluşturmuştu üzerinde ve bazı bölümleri yılların verdiği yorgunluktan iyice solmuştu. Mektubun sağ üst köşesinde İstanbul / 1954 yazıyordu. Okumaya başladım:

Benim burada yaşadıklarım artık yaşanmaz bir hal aldı. Abim iyice huysuzlaştı ama bizim durumumuzdan kimseye bahsetmedi. Birkaç güne Bursa'ya taşınıyoruz. Yeni bir hayat başlıyor benim için. On dokuz yaşında kalbimle tanıştım ve çok geçmeden tekrardan yerini unuttum. Senden beni sevdiğini hiç duymadım ama dudaklarından o iki kelime nasıl dökülür bilmem. Ben gözlerinden okudum seni. İyi ki de okumuşum. Ben de seni seviyorum. Beni bırakma.

Okuduğum en derin yazıydı bu işte. Bir kadının en büyük cesareti bu olmalıydı: Hiç "Seni seviyorum" demeyen bir adama, "Ben de seni seviyorum" demek. "Bu aşkın sonu neydi acaba?" Çekinerek sordum dedeme...

- Peki sonra ne oldu dede?

- Bana dünyanın en güzel hediyesini verdi. Annen Müberra'yı. Aşk ne yapar eder bir yolunu bulur. Sakın olmaz deme. Kaderine yazıldıysa bir kere, kaçışın olmaz hiçbir yere.

- Çok teşekkür ederim dede. İyi ki varsın.

Dedemin boynuna sarıldım. Hiçbir şey anlatmamama rağmen beni anlayan tek adamdı. İyi ki vardı. Ümitlendirmişti beni. İnsan kaderini seçemezdi. Âşık olacağı insanı da... Ben de seçememiştim, âşıktım ve onsuzluğa tahammülüm yoktu. Cesaretlenmiştim yine. Dedemin hikâyesi de beni hepten yüreklendirmişti. Bizi sevmeyen bir kadını seviyordum ben. "Biz" diye bir şey olma ihtimalini dahi sevmeyen bir kadını seviyordum. Onsuz eksiktim. O benim için bir kitabın en değerli cümlesi gibiydi. Altı sıkı sıkı çizilen o cümle işte. Benim için Yağmur o cümleydi.

O gün yine her şeyi içime attım. Biriktirmeyi ve bir anda tüm biriktirdiklerimi kâğıtlara dökmeyi seviyordum ben. Yağmur'u paylaştığım tek şey kâğıtlardı. Gece olunca yine penceremden penceresini izledim. Acaba ona yazdığım mektubu okumuş muydu? Okumuşsa neden beni görmezden geliyordu? Okumadıysa neden okumuyordu? Berker ile barışmış olabilir miydi? Aklımdaki bütün sorular Yağmur'dan ibaretti. O gece yine oturdum ve içimi kâğıtlara döktüm. Başka çarem yoktu.

Son zamanlarda yazdıklarımı siliyorum, sana göndermeye cesaretim de yok zaten. İçimde kalmasından korktuğum ne varsa dışıma atıyorum, hepsi bu işte. İçimde kalmasın da nerede kalırsa kalsın. Açık olmak gerekirse, içimde kalabilecek pek bir şey yok bu aralar. Biraz seninle doldum sanki. Aklımdan çıkman konusunda inatçıyım ama beceremiyorum. Yazdıklarım da hep sen. Her şey bu kadar senle doluyken, senin bir başkasıyla dolu olman bu güçlü bedenimi yoruyor. Oysa zayıf bir adam değilim, hayatta neyi istediysem bir şekilde sahip oldum. Ta ki konu bir "aşk" olana kadar.

Ben bugün şunu öğrendim. Ne kadar güçlü olursan ol, aşkı alamıyorsun. Aşk isterse geliyor. O kapının bir anahtarı yok. Belki de senin bende bir yerin yok, bilemeyiz ki? Hadi ben aşkı hak etmiyorum diyelim, hadi bana aşk yakışmıyor olsun. Adın aşk olmasın ama dur bir yerlerde istiyorum. Beni gör istiyorum, sesimi duy istiyorum. Beceremiyorum.

Belki de biz seninle Güneş ve Ay gibiyiz.

Sen batmadan ben doğamam, sen doğmadan ben batamam.

Belki de Ay Güneş'e âşık olduğundan bazı günler erkenden beliriyor gökyüzünde...

Biz aynı gökyüzüne aidiz.

Ne kadar uzağa gidebilirsin ki!

İster kapı komşum, ister dünyanın bir ucunda ol.

Bu kalbe girdin ya bir kere, artık nerede istersen orada ol.

Zor bir gecenin ardından yine güneş doğmuştu. Dedem şirkete gitmiş, annemse çoktan hastanenin yolunu tutmuştu. Doğması gereken yeni bebekler vardı. Her an yeni bir hikâye başlıyordu. Ben de böyle bir hikâyenin çocuğuydum işte. Saat on bir olmuştu, bir kahve hazırlayıp balkona çıktım. Yağmur kendi bahçelerinde oturuyordu. Ona görünmeden, uzaktan onu izledim. Telefonla konuşuyordu. Muhtemelen Berker ile barışmıştı. Gizli gizli ona bakarken bir anda göz göze geldik. Telefonu kapatmıştı, balkona doğru bağırdı.

- Hey Rüzgâr, aşağı gelsene!

Gidecek yüzüm yoktu. O her şeyi nasıl da bu kadar görmezden gelebiliyordu. Benimle bir oyuncak gibi oynuyordu. Buna rağmen onu seviyordum. Balkondan aşağı bakarak "Geliyorum" diyebildim. Aşağı indiğimde ilk sözü, "Nerelerdesin sen ya! Görünmüyorsun yine, ortalıktan kayboldun." oldu. "Biraz işlerim vardı, dedemle şirkete gidiyordum." dedim.

Ne zor şey, insanın hissettiklerini söyleyememesi...

Yazdığım mektubu okuyup okumadığını soramıyordum. Yine o kahrolası çekingenliğim üzerime yapışmıştı. Yağmur çok geçmeden konuyu açtı.

- Bana verdiğin mektup vardı ya Rüzgâr...

Kıpkırmızı olmuştum. Şimdi yanmıştım işte. Büsbütün hislerimi öğrenmişti. Üstelik mutluydu, Berker ile de barışmıştı. Ne diyecektim. Nasıl bakacaktım artık onun yüzüne. Aklımdan binlerce düşünce geçti o birkaç saniye içerisinde. Terledim, gözlerimi kaçırdım.

- Evet, okudun mu?
- Ya işte o mektubu elbisemin cebine koymuştum. Annem de elbisemde çimen lekesi görünce bana sormadan odamdan alıp yıkamak için makineye atmış. Makineden çıktığında kâğıttaki hiçbir şey okunmuyordu. O kadar üzüldüm ki... Sahi ne yazmıştın?

Dünyalar benim olmuştu. O kadar rahatlamıştım ki, kendimi bulutların üzerinde hissediyordum. Hemen durumu toparladım.

- Şey yazıyordu... Bugüne kadarki arkadaşlığımız, yaşadıklarımız ve sana başarı dilekleri vardı içinde. Yine yazarım, hiç üzülme.

- Seni çok seviyorum Rüzgâr. İyi ki varsın.

Boynuma sarıldı.

Bu birçok insana göre çok sıradan bir olay, benim içinse gerçek olamayacak kadar kusursuz bir şey. Seni çok seviyorum, dedi bana. İyi ki vardım. Sanki bütün hikâyemi her an elleriyle bozup, sonra sil baştan yazan bir kadın olmuştu Yağmur. Tutsaktım onda. Kokusunda tutsaktım, kollarında tutsak. Heyecandan ona sarılamadım bile. Dünyanın en güzel kadınına sarılamadım, çünkü sevmek en mutlu olduğun anda kalbinin durmasıydı.

İşte o gün kalbim, beynim ve içimde Yağmur'a ait ne varsa durdu. Âşık olmuyordum, aşkla büyüyordum artık.

Yedinci Bölüm

Siz en iyisi susun.
Ne ben sizi sevmiş olayım ne siz beni tanımış olun.
Birbirini tanımayan iki yabancı olarak kalalım bu hayatta.

İyi ki varsın anne...

Beş Yıl Sonra

Hayatımdaki tek kadın Yağmur değildi. Annem de vardı. Bazen etrafımızdaki insanların varlığını unutuyoruz. Bize yaptıkları iyilikleri sürekli yapmaları gereken bir görevmiş gibi görüyoruz. Annem mesela her gün işten yorgun geliyor, benim için güzel yemekler hazırlıyor, evin ihtiyaçlarıyla ilgileniyor, sorunlarımı dinliyor ve bıkmadan usanmadan sonsuz sevgisini bana veriyor.

Oysaki annelerin yapması gerekenler, adlı bir sözleşme yok. İstemese benimle ilgilenmeyebilir, evimizi görmezden gelebilir ama annem öyle biri değil. Hep kendinden veren, evimizi bütün tutan bir kadın o.

Düşündüm de en son ne zaman annemi alıp bir yerlere götürdüm? Ya da ne zaman ona sıkıca sarıldım? Utangaç insanlarız ve sevgimizi göstermekte zorlanıyoruz. Oysa başımız sıkıştığında ilk yanımızda olan annemizdir.

Bu hayatta hiçbir şeyinizin olmaması, kaybedecek bir şeyinizin olmadığını gösterebilir. İnsan kaybedecek bir şeyi olmadığında daha korkusuz yaşayabiliyor. Benim kaybedebileceğim bir şeyler hâlâ var. Bunu dün gece hayat bir kez daha hatırlattı bana.

Çok kötü bir rüya gördüm. Gecenin dördünde öyle aptal gibi kalakaldım. Gözlerimi açmak istedim ama gözlerimi açmaktan bile korktum. Ya bu bir rüya değilse, ne yaparım ben o zaman diye düşündüm. Meğer benim kaybedecek bir şeyim varmış.

Benim bir annem varmış. İyi ki de varmış. O ne güzel annedir bir bilseniz. Hayatını bana adayacak kadar güzel bir annedir. Bir çocuğu tüm umursamazlığına rağmen adam edecek kadar yüce bir kadındır.

Öylesi bir kadın, sırf bu kadar iyi olduğu için bile cenneti hak eder. Ona hiç, onu sevdiğimi söylemedim. Bunu hak etmediğini düşündüğümden değil, sadece söyleyemedim işte. Kaçımız annemizi karşımıza alıp "Seni çok seviyorum" anneciğim diyebildik ki! Hepimiz ömrümüzün bitmesini izlerken, hep uzaktan uzağa sevdik. Belki sarıldık ama içimize çekemedik doya doya...

Müberra Hanım bir melektir. Bunu dün gece gördüğüm rüya sayesinde çok daha iyi anladım. Elinde bir bardak su ile merdivenlerden âdeta bir roket gibi fırlamıştı ve yanıma geldiğinde korku içindeydi. "Ne oldu oğlum, neyin var?" diyebildi.

- Yok bir şeyim.

- Bağırdın ama… Sen hiç böyle bağırmazdın!

- İyi değilim ben.

- Ne oldu? Kötü bir rüya mı gördün? Bak ben buradayım korkma…

- Sen sakın gitme anne, sakın beni bırakma.

- O nasıl söz Rüzgâr. Sen benim canımsın, sen bana bu hayatın emanetisin. Seni nasıl bırakırım.

Başımı okşadı. Elleri o kadar güzeldi ki... Kalbi ellerinden saçlarıma dökülüyordu sanki... Kendimi tutmak istemedim. Onu ne kadar çok sevdiğimi söylemeliydim. Yarın çok geç olabilirdi. Hem ben korkuyordum onu kaybetmekten.

- İyi ki varsın anne.

- Sen de iyi ki varsın oğlum.

Yağmur benim ikinci aşkımdı. Benim ilk **âşık** olduğum kadın annem Müberra Hanım'dı. Herkes annelerin yeryüzünde bizleri koruyan melekler olduğunu söyler. Benim anneme melek demek bile eksik kalıyordu. Her an hayatımdaydı. Ne zaman zora düşsem yanımda annemi buluyordum. Söyleyememiştim anneme Yağmur'u sevdiğimi, gerçi söylesem de yapabileceği bir şey yoktu. Sonuçta bu bir gönül meselesiydi ve Yağmur'un gönlü bir türlü bana kaymıyordu.

Aradan geçen yıllar Yağmur'u bana getirmiyordu ama annemle beni daha da yakınlaştırıyordu. Huzuru bulduğum yer annemin dizleriydi. Üniversite hayatım boyunca birkaç kızdan hoşlanır gibi oldum ama devamını getiremedim. Ne yaparsam yapayım olmuyordu. Bir kere takılmıştı ya gönlüme, o gönülden ayrılması mümkün olmuyordu. Misinanın ucundaki kanca tam da kalbimin orta yerindeydi. Çıkarmaya çalışsam her yanı paramparça olurdu. Orada kalsa sızısı uyutmazdı. Ben uyumamayı seçtim. Uykusuzluğu sevdiğimden değil paramparça olmaktan korktuğumdan.

Aslında paramparça olmuştum artık. Geçen beş yılda annemle birlikte hayatımızın en büyük kaybını vermiştik. Hayatımız altüst olmadı belki ama eksildik. Dedemi kaybettim ben, tam da mezun olacakken. Şirketin başında beni görmek istiyordu. Gözü arkada kalmasın istiyordu. Haklıydı, tek torunu bendim ve ben asla ben olamıyordum. Ben Rüzgâr Demirsoy'dum. Müberra Demirsoy'un oğlu, Yusuf Demirsoy'un torunu ve sayısız şirketin başındaki tek adam.

Annemle beraber şirket için var gücümüzle çalışmaya başladık o dönem. Birbirimizden başka kimsemiz yoktu. Her şey yolundaydı. İkimiz de çok başarılıydık. Dedemin istediği gibi işletme eğitimi almıştım, oysa aklımda hep bir sinema aşkı vardı. Bazen düşünüyorum da, hiç kendim için yaşamamışım ben. Hayatım belli bölümlere ayrılmış. Herkes gibiyim işte. Kimse kırılmasın derken kendim paramparça olmuşum da haberim olmamış. Büyümek ne zor şey böyle... Yirmi dört yaşında kalmaya da razıydım ama bir türlü bitmiyordu bu yolculuk.

Annem halinden memnundu. Oğlu Rüzgâr başarılı bir işadamı olma yolunda emin adımlarla ilerliyordu. Ben de halimden memnundum o sıralar ama aklımın bir köşesinde hep alıp başımı gitmek vardı. Yoruyordu beni bu karmaşa. Sakin sakin bir yerlerde yaşamak istiyordum. Belki de Rüzgâr Demirsoy olmaktan korkuyordum o sıralar. Üzerinde sayısız beklenti olan bir adam olmaktan kim olsa korkar. Ben de çok gençtim ve tüm bunlardan korkuyordum. Her korktuğumda dedemin sözlerini anımsıyordum.

"Korku başarının yardımcısıdır.
Eğer korkmuyorsan işte o zaman kork!"

Kulağıma küpe olan cümleler ile büyüdüm ben. Bir de Neşet Ertaş türküleri vardı. Dedemden mirastı o türküler bana. "Bazı şeyler bu hayata bir kere gelir" derdi. "İşte onların değerini bilmelisin. Bir daha böyle türküler yazılmaz belki. Bu türküleri şimdi dinlemelisin."

Ne kadar eksik kalırsam kalayım benim bir annem vardı ve ben onun için en iyi şekilde yaşamalıydım. O benim başarımla mutlu olacaktı ve ben onunla huzur bulacaktım. Bir de Yağmur vardı ve onun aptalca kararları...

Üniversite için yurtdışına gidemedi Yağmur. Aynı şehirde başka okullarda okuduk. Berker yurtdışına gitmekten vazgeçince Yağmur da istemeye istemeye kararını değiştirmek zorunda kalmıştı. O gün çok sevinmiştim. İnsan bir başkasının üzüntüsüne sevinir mi? Ortada böyle bir sevgi olunca seviniyor işte. Hayatımın en zor dönemlerini yaşadım o yıllarda. Öyle anlar oldu ki, keşke yurtdışına gitselerdi, dedim. Tam dört yıl boyunca gözlerimin önünde yaşadılar aşklarını. Ben hep dış kapının dış mandalı olarak kaldım.

Sayısız kez aldatıldı Yağmur ve her seferinde onu yanımda buldum. Benden başka çok arkadaşı vardı ama ne zaman canı yansa gelip beni buluyordu.

İlk ayrılıklarını üniversiteye başladığımız sene yaşadılar. Tam bir buçuk ay boyunca benimle beraber oldu Yağmur. Dünyanın en mutlu adamı olmuştum. Sanki bir daha başkasının olmayacak gibiydi. Ta ki Berker dönene kadar.

Bir akşam Beşiktaş sahilinde arabanın içinde otururken, Yağmur'a bir mesaj geldi. "Kimmiş?" diye sordum. Söylemedi. "Önemsiz bir mesaj" dedi. Önemsiz adam Berker yine hayatımızın içine girmişti. O günün sabahı Yağmur'un mesajıyla uyandım.

"Ben onu sevdiğimi anladım, kusura bakma!"

Cevap vermedim. Tüm onurum ayaklar altına alınmıştı. Bunu hak ettiğimi düşündüm o gün. Israrla seviyordum onu ve bunu çok iyi biliyordu. Ne zaman canı yansa ona kucak açacak bir adam vardı burada ve ne zaman dönse açık bir kapı. Ben buydum işte. Ben sadece seven bir adamdım. Hiç hak etmediği kadar üzülen ama hak ettiğinin binde biri kadar sevilmeyen bir adam.

O sene tüm hayatımı mahvetti Yağmur Hanım. İlk defa o kadar çok yıkılmıştım. Unutamadığım o bir buçuk aylık ilişki bende olmadık yaralar açmıştı. Hiç benim olmasa bu kadar canım yanmazdı, ama artık bir kere benim olmuştu ya, canımın yanmadığı yeri de kalmamıştı. Onu sevdiğini anlamıştı. Beni zaten hiç sevmemişti.

İçime oturmuştu o cümle. Ben ona, onu sevdiğimi söylemiştim. Bunu bilmesi bile beni mutsuz ediyordu. Hiç hak etmeyen birini seviyordum belki de... Son bir kez görüşmek için mesaj attım ve onu Gülhane Parkı'nın oradaki setüstü çay bahçesine götürdüm. Orası en sevdiğim mekândı. Çoğu zaman yazılarımı orada yazardım. İki kişilik bir demlik aldık ve çaylarımızı içmeye başladık. Demlik hemen soğuyordu, ikinci bardağın da tadı oluyordu ama üçüncü bardağı pek sevmiyordum. Çaylarımızı doldurdum. Manzara olarak en güzel yerlerden birine denk gelmiştik. Yağmur buraya ilk defa geliyordu ve sevdiği her halinden belli oluyordu.

- Çok güzel bir yer burası Rüzgâr

- İstanbul'daki en sevdiğim mekânlardan biridir.

- Beni neden çağırdın bugün, çok vaktim yok ama seni kırmamak için geldim. Berker ile görüşeceğiz, çok kalamam.

- Çok kalmanı istemiyorum Yağmur. Bir anı anlatacağım, sonra istediğin yere gidebilirsin.

- Çok seviyorsun sen bu hikâyeleri...

- Senden daha çok sevmiyorum hiçbir şeyi.

- Sen beni sevmiyorsun ki, sevdiğini sanıyorsun. Seni seviyorum derken bile yalan söylüyorsun.

- Öyle mi? Benimle geldiğin Beşiktaş maçını hatırlıyor musun?

- Hatırlıyorum tabii, yenilmiştiniz ve senin suratın düşmüştü.

- Şimdi çok klasik olacak ama sevinmek için sevmedik Yağmur. Konumuza dönelim... Senin vaktini de almayayım. O gün sana seni sevdiğimi söylemiştim ilk kez.

- Evet, anlat hadi.

İçimde kalan her şeyi ona küçük bir anı ile anlattım. Dedemden dinlediğim küçük ve anlamlı bir anı.

Senin aşkın geçse geçse kalbime geçer...

Nasıl bir Beşiktaşlı olduğumu iyi bilirsin. İçimde ayrı bir sevdası, ayrı bir yeri vardır. Bu başka bir aşk, çünkü Beşiktaş kimseyi terk etmez ve sevdası hiçbir zaman geçmez. Sezen Aksu'nun şarkısında, "Geçer geçer neler neler geçmedi ki ..." dediğine bakma sen! Beşiktaş aşkı geçse geçse babadan evlada geçer, bunun ötesi de olmaz.

Şimdi neden bunları anlattığımı düşünürsün belki. Birkaç şey daha anlatacağım ve sonra tek bir şey söyleyeceğim. Vedat Okyar'ın bir anısı bu. Vedat Okyar'ın aşkımızla ne ilgisi var, diye düşünme. İlla düşüneceksen, benim bu aşkı sende nasıl derin yaşadığımı düşün.

Bir maç sırasında rakip takımın oyuncusu öyle sıkı bir tekme atıyor ki, Vedat Okyar can acısıyla bir anlığına zarafeti falan unutup küfrediyor. Oyuncu hemen, öğretmene şikâyete giden bir talebe gibi hakeme koşuyor.

"Hocam, Vedat bana küfretti."

Hakem de bir efsane: Doğan Babacan. Vedat'ın küfredeceğine ihtimal vermiyor ama yine de yanına gidip soruyor:

"Vedat, sen küfür ettin mi falancaya?"

Vedat Okyar duraksamadan,

"Evet, ettim" diyor.

Doğan Babacan'ın eli cebine gidiyor... Geri geldiğinde o el bir kırmızı kart tutuyor. Havaya kalkan kırmızı kart tüm stadı şaşkınlığa ve temelli bir sessizliğe gömüyor. Olacak iş değil. Beyefendi Vedat kırmızı kart yiyor. Üstelik yediği tekmenin üstüne tatlı niyetine...

Tezcan, arkadaşının yanında tüm olanlara şahit olmuş. O da şaşkınlık içinde:

"Oğlum" diyor Vedat'a, "Manyak mısın sen, niye ettim diyorsun. Etmedim deseydin ya"!

Vedat Okyar'ın kısa ama çok anlamlı cümlesi dökülüyor o an ağzından:

"Üstümde Beşiktaş forması varken yalan mı söyleyecektim?!"

İşte ben sana, "Seni seviyorum" dediğim gün, üstümde Beşiktaş forması vardı. Şimdi istediğin yere gidebilirsin.

Uzun uzun yüzüme baktı. Bir çay daha içelim mi diye sordu. Geri çevirmedim teklifini. Beraber bir çay daha içtik ve kalkıp gitti. Asırlık çınarlar ile İstanbul'un o güzel boğaz manzarası arasında sıkıştım kaldım. Sevip de sevilmeyen her adam gibi, sevip de sevilmeyen her adam kadar sıkıştım. Hem kendime hem onun kalbine...

Sekizinci Bölüm

"Saçlarını kesmene sebep olacak bir adam olmam!"
diyorum sana. Daha nasıl seveyim!

Bir kitapta okumuştum,
kadın adamı çok seviyordu...

Okuduğum kitaplardaki gibi değildi aşk. Başka bir yanı vardı ve ben sanırım o yanına denk gelmiştim. Aşkı kitaplardan okumak doğru muydu bilmiyorum ama bana iyi geliyordu. Benim için kitap okumak tam bir keyif meselesiydi. Öyle, orada burada okuyamazdım ben bir kitabı. Benim için ciddi bir sorumluluktu bu. Odama saatlerce kapandığımı bilirim. Odamın dışında ise, havanın güzel olduğu zamanlarda bahçede ya da balkonda okurdum kitaplarımı.

Dedemden kalanlar ile birlikte çok fazla kitaba sahip olmuştum. Benim için gerçek miras buydu. Bankalardaki paralarla ya da şirketlerdeki konumumla ilgilenmiyordum. İlgilendiğim tek şey beni dünyadan biraz olsun uzaklaştıran kitaplardı. Bununla birlikte yazmaktan da vazgeçemiyordum. Kuşları yazarak başladığım bu güzel serüven, her gün daha büyük bir aşkla büyüyerek devam ediyordu.

Yirmi beş yaşındaydım. O yaştaki bir gencin sahip olamayacağı her şeye sahiptim. Hani şu doğuştan şanslı görülen canlılardandım işte. Dışarıdan bakıldığında çok havalı ama içine girildiğinde yalnızlığıyla kalakalmış olan, bir başına bir adam olup çıkmıştım. Bütün enerjimi yazmaya veriyordum. Rahatlamamın tek yolu buydu. Bunun dışında hiçbir şekilde mutlu olamıyordum.

O günlerde, sosyal medya üzerinde gizliden gizliye yazdıklarımı bir mahlas kullanarak yayımlamaya başladım. Okunmak en az yazmak kadar keyifliydi ama çok okuyanım yoktu. Çok okunmak için ne yazmak gerektiğini hiç düşünmedim. Sadece içimden gelenleri yazdım. Nasıl olsa benim gibi insanlar da vardı bu hayatta. Nasıl olsa yazdıklarımı anlayanlar ve beni kendine yakın bulacak olanlar da çıkacaktı. Hep yazdım ve yazdıklarımı hiç silmedim. Yazmak benim için hayatın verdiği en büyük nimetti. O yüzden içimden gelen şeyleri hiçbir zaman silmedim, onlara ihanet etmek istemedim. Böyle karmaşık vefa duygularına sahip bir adamdım. Yazmak benim için kusursuz olmak değildi. Aksine, kusurların çıkması hoşuma gidiyordu. Süregelen hayatın içinde mutlaka hatalar yapılırdı ve o hatalar çoğu kez düzeltilemezdi. Ben yazarken yaptığım hataları düzeltmedim. Onları öylece bıraktım. Ben onlara karışmadıkça onlar da bana karışmadı. Sürekli bir şeyler döküldü parmaklarımdan ve bu hayata daha güçlü tutunmamı sağladı.

Bir başıma kaldığım zamanlarda Mecaz Adam oluyordum, şirkete gittiğim zamanlarda Rüzgâr Demirsoy. İki kişiliğim yoktu ama iki farklı karakter yaratmıştım ve ikisinden de bazı yönleri yüzünden vazgeçemiyordum.

Mecaz Adam, çok rahat ve ağzına geleni söyleyebilen bir adamdı. Rüzgâr Demirsoy ise omzundaki yüklerle yaşayan genç bir adam. Mecaz Adam, her şeyi silip atabilirdi. Bilgisayarı kapattığı anda kayboluyordu ve ona kimse ulaşamazdı. Rüzgâr Demirsoy ise ölmeden kaybolamazdı ve insanlar istediği zaman Rüzgâr'a ulaşabilirdi. Söylediğim gibi işte, çok farklıydı ikisi de ve ben ikisini de ayrımsız seviyordum.

Zaman içerisinde bu durumun kendi sağlığım açısından bir tehlike oluşturabileceğini düşünsem de, ne Mecaz Adam olmaktan ne de Rüzgâr Demirsoy olmaktan vazgeçtim. Yaşadıklarımı yazmadım ama yazdıklarımı hep yaşadım. Bu cümle öyle derin ki, içinde boğulabilirim. Mecaz Adam karakteri benim için bir dışavurumdu ve en yakınımdakilerin bile bundan haberi yoktu. Öyle ki, anneme bile bu durumdan hiç bahsetmedim. Yazdıklarımı her an yayımlamıyordum. Çoğunlukla her yazdığımı bilgisayarımdaki klasörlerde saklıyordum.

İnsan kendine tarafsız kalamıyor. Rüzgâr Demirsoy olarak Mecaz Adam'ı çok fazla seviyordum. Belki de Rüzgâr Demirsoy'un olmak istediği adam olduğu için bu durum böyleydi. Hiç kıskanmadım Mecaz Adam'ı, beni mutlu ediyordu varlığı. Eğer o karakteri üretmemiş olsaydım, Rüzgâr Demirsoy olarak çok mutsuz bir yaşantıya sahip olabilirdim.

Her gün şirketten döndükten sonra, Rüzgâr Demirsoy kimliğimi eve adım atarken bırakıyor ve üzerime Mecaz Adam'ı giyiniyordum. Böyle mutluydum ve her gece yeni yazılar yazıyordum. Yazdıklarımın beğenilmesi beni daha da mutlu ediyordu. Sadece bir an için, sizi hiç tanımayan insanlardan övgüler aldığınızı düşünün. Yazdıklarınızla mutlu olan ve yaralarını saran insanlar düşünün. Kendi yarasını saramayan bu adam, herkesin yarasına iyi gelmeye başlamıştı.

Zaman şunu öğretmişti: İlk aşk acısı çeken Rüzgâr Demirsoy değildi. İlk üzülen, ilk kırılan, ilk sevmesine rağmen sevilmeyen, ilk mutsuzluğa adım atan... Bunların hiçbiri Rüzgâr Demirsoy değildi. Hemen hemen bütün insanların sorunları aynıydı. Herkes kandırılabilir, bir yalana inandırılabilirdi. Herkes aşk acısı çekebilir, sevdiği tarafından görmezden gelinebilirdi.

Herkes her şeyi yaşayabilirdi ve her hikâye gün gelir sizin lehinize dönerdi.

Bir Cumartesi akşamı evde otururken kapı çaldı. Gelen Yağmur'du. Uzun zamandır doğru düzgün görüşmüyorduk. Küçük Hanım yine, inandığı bir adamdan kazık yemişti. Yoksa Rüzgâr Demirsoy ile ne işi olurdu ki! Herhangi bir adam üzmüştü Yağmur'u ve Yağmur kendine sığınacak bir liman arıyordu. Peki Rüzgâr? Rüzgâr artık liman olabilir miydi?

- İçeri davet etmeyecek misiniz Rüzgâr Bey?

- Rüzgâr Bey mi?

- Evet, çok resmi durdunuz. Ben Yağmur, tanımadınız sanırım.

- Ahh, hiç tanımaz mıyım küçük hanım, buyrun.

Yeni bir oyun başlamıştı. Yağmur Hanım bu sefer nasıl yakacaktı canımı hiç bilmiyordum. Canımı yakacağından oldukça emindim. Salonda yazı yazıyordum... Yaklaşmaya, bir şeyler sormaya çekiniyordum. Annem hafta sonu için bir tura katılmıştı. Yağmur'un bundan haberdar olup olmadığını bilmiyordum. Oyuna devam ettim...

- Ne içersiniz küçük hanım?

- Bir kahve alabilirim bayım?

- Nasıl olsun?

- Üç şeker istiyorum bayım.

- Peki, hemen hazırlıyorum küçük hanım.

Mutfağa geçip Yağmur için üç şekerli bir kahve hazırladım. Benim elimden içeceği ilk kahveydi. Yine aklım ona gidiyordu. Oysa tam da sıyrılıyordum bu aşktan. Hayat bazen hikâyenin bitmesini istemiyor.

- Imm, kahve çok güzel olmuş bayım.

- Afiyet olsun küçük hanım.

- Sizce aşk da bu kadar güzel midir? Bana yeniden âşık olabilir misiniz?

- Bu kadar kötülüğün içinde benim size âşık olmamı beklemeyin.

- Neden ama... Bütün kötülükler, iyilikler gibi geçici değil midir bayım?

- Aslında sorular gibidir hepsi? Bazen cevapsız kalırlar ve geçmeyi bilmedikleri zamanlar da olur.

- Sizin canınız mı yanıyor?

- Zaman zaman canımın yandığı doğrudur, aksini iddia edemem.

- Daha fazla konuşmanızı istiyorum. Bunun için ne yapabilirim?

- Yapacak bir şeyin olmadığı zamanlar olur. Beni kendi halime bırakabilirsiniz.

- Ne zamana kadar bayım?

- Ben kendime gelene kadar küçük hanım.

- Yoruyorsunuz beni.

- Kendimde değilim diyorum size. Anlamıyor musunuz?

- Anlamamak mümkün mü? Benim zamanım yok. Bu gece sevmelisiniz beni.

- Nedenmiş o küçük hanım.

- Bakın bayım, ben hasta bir kadınım. Kalbimin bazı konularda yetersiz kaldığını ve sevgisizlik yüzünden dahi ölebileceğimi bugün öğrendim. Sizden beklentim bir aşk değil. Sadece başımı göğsünüze yaslamalıyım ve siz kolunuzla yüzümü çevrelemelisiniz. Beni saklamalısınız tüm kötülüklerden. Aşk diyorum, olmasa da olur ama sevgisizliğe tahammülüm yok bu aralar. Kalbimin hızlı çarpmasını istemiyorum, tek derdim biraz daha sıcak bir kalbe sahip olmak. Eğer sarıp sarmalarsanız beni, kendimi çok daha iyi hissedebilirim.

- Bitti mi küçük hanım.

- Evet bitti.

- Şimdi usulca başınızı göğsüme yaslayın. Ellerimin saçlarınıza ihtiyacı var.

Gerçekten de ellerimin saçlarına ihtiyacı vardı. Yıllar sonra tekrar Rüzgâr Demirsoy'a yenik düşmüştüm. Âşıktım Yağmur'a ve bu atlatılabilir bir şey değildi. O gece bizde kaldı. Oysa evi hemen yan taraftaydı ama gitmeyi istemedi. Salondaki koltukta göğsümün üzerinde uyuyakaldı. Hayatımın en güzel anıydı. Koltuğa uzanmasını sağlayıp içeriden getirdiğim örtü ile üzerini örtüp tam başucunun karşısındaki tekli koltuğa oturdum ve onu yazmaya başladım.

Benim Üstüm Başım Sensin

Yalnız düşünmek istemiyorum şu sıralar seni,
Kafamda yine onlarca soru birikti,
Adın diyorum, unutulması ne mümkün,
Bir yağmura bakıyor bütün hatıralar.

Oysa sevmezdim ben yağmuru senden önce
Senden sonra sevmediğim gibi...

İnsan ne kadar umutsuz olabiliyor bazen,
Ne kadar yenik kalbine ve nefsine,
Aşk olmaz senden kadın,
Adın gibi yağmur olursun sen,
Akar gidersin.

Senin damlaların ne beni temizler,
Ne seni masum kılar.

Sen öyle bir yağmursun ki,
Her damlanda kaçacak yer arar bu adam,
Çünkü dokunsan bir daha tenime,
Olduğum yerde olduğum gibi yeniden severim seni,
Benim üstüm başım sensin.

Birkaç yazıdan sonra uykusuzluğa dayanamayıp odama geçtim ve uyudum. Sabah evin içinde dolanan Yağmur'un minik ayaklarının sesiyle uyandım. Her şey rüya gibiydi. Dün gece sanki bir rüyaydı ve ben hâlâ rüyadaydım. O şımarık kız bana kek yapmıştı ve muhteşem bir kahvaltı sofrası hazırlamıştı.

Yağmur'u çok az tanıyan biri bile onun böyle şeyler yapmayacağını bilir. Nereden çıkmıştı şimdi bu hürmet, aklım almıyordu. Bazen insan yaşadığı anın tadını çıkarmalıydı. Sorgulamıyordum. Mutfağa geçtiğimde hâlâ bir şeyler hazırlıyordu. O an belinden sarılmak istedim ama vazgeçtim. Henüz adı konulmamış bir ilişki yaşıyorduk. Belki de yine ansızın çekip gidecekti. Arkasını döndü ve "Günaydın bayım" dedi. Sonra yanıma yaklaşıp önce sağ yanağımdan sonra sol yanağımdan öptü ve kahvaltıya başladık. Her şey o kadar güzeldi ki... Ömrümün sonuna kadar o anı yaşamak isterdim. Yağmur'un hep o kadar masum, o kadar güzel kalmasını isterdim, lakin bu mümkün olmuyordu.

Henüz kahvaltıya başlayalı beş dakika olmuştu ki, saate bakıp benim çıkmam lazım diyerek çıktı. Evet, aptal gibi kalmıştım yine. Kahvaltı o kadar güzeldi ki, birkaç saat sofradan kalkmadım. Ardından yine Mecaz Adam oldum ve Yağmur'u kâğıtlara döktüm.

Ben sana kedi olayım, sen bana kitap...

Bu hayatta neyin ne kadar değerli olduğu, bizim o şeye verdiğimiz önemle ölçülür. Kimi insanlar için konum her şeyin üzerindeyken, kimileri para için yaşarlar, hatta ya-

şamakla kalmaz paranın kölesi olurlar. Herkesin bir seçimi vardır ve insanların ayrıştığı nokta tam olarak budur. Herkes kendi seçimlerinin peşinden giderken başkalarına yabancılaşır. Başkaları için değerli olan şeyler onlar için önemsizleşir. Oysa kendileri de aynı durumdadır. Değer verdikleri şeyler başkaları için değersizdir.

Nasıl yaşamalı insan?

Sahip olmak için çaba sarf ettiği şeyler uğruna tüm bir hayatı vermeli mi? Yoksa kendi için değerli olan şeylerin yanı sıra başka değerleri de görebilmeli mi?

Bu soruyu kime sorsak ikinci ihtimalin çok daha iyi olduğunu düşünür ve o ihtimali seçer, ancak kimse bu düşünceyle hayatına yön vermez.

Benim için eski kitaplar değerlidir. Eski kitapların o kokusu en az oksijen kadar mutluluk verir bana. Bir ağacın ilkbaharı beklediği gibi beklerim ben o kitapları, ancak bu çoğu insan için değersizdir. Onların değer verdikleri şeylere de değer veririm. Paraya değer veren, para için yaşayan bir adam ne kadar değerliyse kedileri seven, kedileri için yaşayan bir kadın da o kadar değerlidir.

İnsanların hiçbir zaman yaşanmışlıklarını bilemeyiz. Değer yargılarının oluştuğu süreçler vardır. Kimse bu süreçlerin farkında olmaz. Neyi neden sevdiğinin farkına bile varmaz. Para için yaşayan adam, muhtemelen para yüzünden sevdiği bir şeyleri kaybetmiştir. Hedeflerine ulaşamamıştır ve hayatının merkezine parayı koymuştur. Hele ki para ile bazı şeyleri çözebildiğini gördüyse para onun için en değerli obje olmuştur.

Gelelim kedileri seven kadına...

Belki aldatılmıştır o kadın ve günlerce kedisiyle yatmıştır. Hayatına ortak ettiği ve güvenebildiği tek canlı o kedi olmuştur. Kedinin bakışlarını sevmiştir. Omzuna yatışını sevmiştir. Kendisine muhtaç olduğunu gördüğü ve gidemeyeceğini bildiği için sevmiştir belki de...

Bir de kitapları seven adamlar var benim gibi...

Soğuk bir kış akşamı odasına kendini hapsederek gözleri ağrıyana kadar okuyan adamlar var. Kitaplar kedilere benzer. Aldatmazlar. Size muhtaç değillerdir belki ama olsun... Kitaplar su istemez, mama da istemez. Onlar sayfalarının çevrilmesini ister. Birilerinin onlara dokunmasını ve parmak uçları ile okşamasını isterler.

Kitaplar çok şey istemezler, kediler de öyle...

Peki biz insanlar? Biz ne istiyoruz bu hayattan?

Sırtımızda binlerce yük taşıyoruz ve biliyoruz ki bu yükler bizimle gelmeyecek, çünkü insanların dertlerine toprağın altında yer yoktur. Sırtımızdan bu dert küfesini atmanın vakti gelmedi mi?

"İkimiz birden sevinebiliriz, göğe bakalım" demiş Turgut Uyar. Göğe bakmanın vakti gelmedi mi sence? Hayatındaki tüm olumsuzlukları bir köşeye atmanın vakti gelmedi mi?

Ne kadar çok okunmamış kitap var sahaflarda... Ne kadar çok okşanmamış kedi var sokaklarda... Ne kadar çok biz varız yarınlarda...

Çaresizliği bugünlere gömüp, yarınlara bakmanın vakti gelmedi mi?

Ben sana kedi olayım, aldatmak kelimesini hayatıma katmayayım, senin adamın olayım. Sarılmaktan korkmadığın, omuzlarından emin olduğun bir adam olayım. Sen de

benim kitabım ol. Sadece seni okuyayım, aşkı sende bula-
yım, kokunu kendime katayım.

Ne sen benden git ne ben senden kaçayım.

Ne sen benden vazgeç ne ben senden başka aşk bulayım.

Gel benim kitabım ol, kedin olup hep seninle kalayım.

Birini yazacak kadar sevdiyseniz, tükenişinizi
izlemek için bir aynaya ihtiyacınız kalmaz.
Yazdıkça tükenir, yazdıkça filizlenirsiniz...

Mecaz Adam'ın işi gücü Yağmur Atalay'ı yazmak ol-
muştu. Rüzgâr Demirsoy'dan sonra bir âşık daha kazanmış-
tı Yağmur Hanım.

Dokuzuncu Bölüm

İnsan hep hayalleriyle yaşar.
Ben de bana ikimizi anlatacağın günün hayaliyle
yaşıyorum ve hayaller bir gün gerçek olur,
ben buna inanıyorum.

Nihayet yağmur başladı.
Bu sabah artık yağmuru neden bu kadar çok sevdiğimi
anladım. Ağlayan bir yüreğe benzediği için... / Tezer Özlü

Üniversitenin ilk senesindeki bir buçuk aylık birlikte-
liğimizin ardından yine bir araya gelmiştik. İlk defa ben-
de kalmıştı. İlk defa bana kek yapmıştı ve ilk defa benim
koltuğumda uyumuştu. Yeniden âşık olmuştum ona ya da
yeniden alevlenmişti içimdeki ateş. Ben ona aittim ama
onun kime ait olduğu belli değildi.

Bende kaldığı gecenin ardından aramızda yine bir ya-
kınlaşma başlamıştı. Bu yakınlaşma benim hayatımın her
evresinde vardı. Çocukluğumda yakınlaşmıştık olmadı, lise
çağlarımda beraber dans ettik yine olmadı. Üniversitenin
ilk senesi Berker'den ayrıldığında en uzun yakınlaşmamızı
yaşadık ama yine bu bir aşka dönüşmedi. Benim her yanım
aşktı ama Yağmur için böyle bir aşk hiç olmadı.

Evde çok sıkıldığını, beraber sahilde bir yürüyüş yapıp
yapamayacağımızı sormuştu. Biliyordu ki hayır, diyemez-
dim. Ben ona hiç hayır, demedim. Bunun farkındaydı ve o
yüzden ne zaman yalnız kalsa, ne zaman hayatında kimse
olmasa soluğu benim yanımda alıyordu. Büyümüştük artık,
çocuk değildik. İkimiz de yirmili yaşların ortasına gelmiş-
tik ama hâlâ çocuk gibiydik.

Beraber sahile indik o gün. Sahil sanki bize tahsis edilmişti. Ortada hiç kimse yoktu. Birkaç satıcı vardı sadece... Biri mısır satıyordu, biri pamuk şekeri, bir diğeri ise uçan balon. Hayatım boyunca uçan balonları çok sevdim ben, belki de hep uçmak istediğim için oldu bu. O balonların beni de gökyüzüne kavuşturmasını çok isterdim. Hatta Yağmur ile el ele iken gökyüzüne çıkmak en büyük mutluluğum olurdu. Gerçek olamayacak kadar güzel bir hayaldi işte bu.

Hayatımda unutamadığım en güzel karelerden birisi de, ona aldığım uçan balonlar sayesinde çizilmişti. Tam yirmi bir tane uçan balon.

- Balonlar ne kadar abicim?

- Üç lira abi.

- Kaç balon var burada?

- Sabahtan beri dört tane sattım. Yirmi bir tane kaldı.

- Al sen şu yüz lirayı hepsini bana ver.

Çocuğun yüzündeki gülümseme senin yüzündekinden daha değerliymiş. O gün bunu fark edemedim. İnsan hatalarıyla güzel değil midir zaten? Benim en büyük hatam, seninle kendimi hep mutlu hissetmem değil miydi? Tam yirmi bir balon aldım o gün. Sen her zamanki gibi aptal aptal baktın suratıma, "Ne yapıyor bu adam yine..." der gibi.

Sahildeki banka oturduk ve cebimden çıkardığım kalemi ve kâğıdı ona verdim. Şimdi bu kâğıtlara istediğimiz her şeyi yazıp gökyüzüne bırakacağız. İstersek bunu bir dua gibi düşünelim, istersek sadece ikimize ait bir şeyleri gökyüzü ile paylaştığımızı... Ne yazmak istersek onu yazalım. O balon patladığında, o kâğıt bir yere sürüklenir ve belki bir gün karşımıza çıkar...

- Bu çok saçma değil mi Rüzgâr?
- Saçma olan ne?
- Bu kâğıtlara bir şeyler yazıp gökyüzüne bırakmak, çocukça değil mi?
- Sen ne zaman büyüdün bu kadar?
- Büyümek değil bu, sadece anlamsız geliyor gökyüzüne bir şeyler bırakmak. Senin için bir cümle yazacağım. Bana tek bir balon yeter. Diğer yirmi balonu istediğin gibi gönderebilirsin.
- Pekâlâ Yağmur Hanım.

Kalemi ve kâğıdı uzattım Yağmur'a. Aldı elimden ve yazmaya başladı.

- Hey! Sen yazdıklarımı okuma lütfen!
- Peki, yaz bakalım...

Belki de hayatındaki en uzun yazıyı yazıyordu Yağmur. Ne yazdığını göremeden onu öylece izledim. İnsan böyle durumlarda düşünmeden edemiyordu. Acaba kimi yazıyordu? Bu yaptığımız gökyüzüne gönderilecek olan bir duaydı ve bu duada adımın geçmesini o kadar çok istiyordum ki...

O sırada ben de içimden gelenleri elimdeki kâğıt parçalarına yazmaya başladım. Bir kâğıdın içine, "Sonumuzun ne olacağına kim karar verecek?" yazdım ve balonu bıraktım. Balon çok fazla uçamadan, hemen üzerimizdeki ağacın dalına takıldı ve patladı. Yazdığım küçük not Yağmur'un kucağına düştü. Açtı ve okudu.

"Sonumuzun ne olacağına kim karar verecek?"

Ah, biliyordu işte onu sevdiğimi. Ona soramadığım bu soru bir şekilde sorulmuştu işte. Uzun uzun baktı yüzüme ve "Bu sorunun cevabını ben de bilmiyorum." dedi. Zaten neyi biliyordu ki? Hangi sondan bahsettiğini bile anlamıyordum. Ben bizden bahsederken, o dualarına kimbilir kimleri katıyordu...

Çok geçmeden yazısını noktaladı. Yavaşça ayağa kalkıp denizin kenarına geldi ve balonunu bıraktı. Pembe balon yavaş yavaş yükseliyordu. O kâğıda ne yazdığını o kadar çok merak ediyordum ki... Sormayacaktım, çünkü öyle anlaşmıştık. Ardından ben de yazdığım küçük notu elimdeki beyaz balona bağladım ve aynı yerden gökyüzüne bıraktım.

Küçük bir notta saklıydı benim hayalim, o küçük nota sadece **"Bana ikimizi anlatacağın günün hayaliyle yaşıyorum..."** yazmıştım. O gün gelir miydi? Bilmiyordum ama inanıyordum işte. Umut hep çaresizlikten ve aşktan gelir zaten. Elimde kalan diğer balonların ucuna da tek bir not yazdım. Bu notu Yağmur da okudu:

"BANA İKİMİZİ ANLAT"

İşte o kalan on sekiz balonu da bu not ile gökyüzüne bıraktık. Onunla beraber yaşadığım en güzel şeydi bu. İşte o zaman ikimizin de bilmediği yeni cümleler katılmıştı hayatlarımıza. Ben onun duasını bilmiyordum, o da benimkini... En saf halimle onu sevmeye devam ediyordum, çünkü âşık olmak bunu gerektiriyordu.

Seni bana yazsınlar. Ben düzene alışkın değilim,
düzensiz bir halim var kalbimi yoran,
her fırsatta adını soran.

Gün bitiyordu... Arabaya bindik eve doğru gitmeye başladık. Evin yoluna saptığımı görünce,

- Ne çabuk sıkıldın benden Rüzgâr!
- Neden?
- Eee, hemen evin yoluna girdin.
- Belki işin vardır diye erkenden bırakayım dedim.
- Evet evet, gitsek iyi olacak. Şaka yapmıştım zaten.
- O zaman sorun yok.
- Hiç sorun olmadı ki aramızda.

Aramızdaki sorunlardan haberi bile yoktu. Ona karşı hiçbir zaman net olamadım. Olmayı denedim ama hayat bir şekilde beni durdurdu. Beni sevdiğinden emin olsam belki de hiç durmazdım. Hiç emin olamadım.

Hayatımın en güzel günlerinden birini geçirmiştim. Çocukluk aşkım belki de bu güzel günlerin ardından benim ihtiyarlığım olacaktı. Bunu çok istiyordum. Hani bazı şeyler sürüncemede kalır ya, varlığı ya da yokluğu belli olmaz. İşte bizim hikâyemiz tam da böyleydi. Ne bir ilişkiye başlayabiliyorduk ne de tamamen kopabiliyorduk. Hep kitaplardan okumuştum böyle aşkları, ama yaşamanın da mümkün olduğunu bana Yağmur öğretti.

Eğer Yağmur gibi bir kadınla birlikteyseniz, her an her şeye hazır olmanız gerekir. Ben bu duruma alışmıştım. Her şeye hazırdım. Gelmesine de gitmesine de...

Yağmur'u eve bıraktıktan sonra kendi evime geçtim. Annem yine salondaki tekli koltuğunda kitabını okuyordu. Kitap okumayı bana sevdiren kadını alnından öptüm ve sohbete başladık...

- Anne, bir gelin ister misin?

- Kim istemez ki oğlum, en büyük dileğim senin mürüvvetini görmek, ama nereden çıktı şimdi bu?

- Bilmem, sadece sormak istedim.

- Düşünmesi bile çok keyifli Rüzgâr. Senin gibi bir evlattan sonra senin gibi bir torun büyütmeyi çok isterim.

- Bunu ben de çok istiyorum anne. Hep beraber yaşayacağız bu güzel duyguları...

- İnşallah oğlum.

Bir adamın en mutlu anı, annesinin mutluluğundan emin olduğu andır. Geriye kalan her şeyi görmezden gelebiliyor insan. Annem bir an üzülse ben toparlanamazdım. Öyle ki, bu durumu çok iyi bilirdi Müberra Hanım. Üzgün olsa bile sırf ben üzülmeyeyim diye yüzünü düşürmezdi. Eğer bu hayatta bana sadece birkaç cümle hakkı verselerdi, ilk cümlem, **"Annenizin değerini bilin ve onu hiç üzmeyin."** olurdu.

Annem benim için değerlidir. Annemden sonra en değer verdiğim kadın ise Yağmur'du. İki farklı kadın türü vardı karşımda. Biri, beni üzmemek için elinden geleni yapıyordu, diğeri ise her fırsatta üzmek için bahaneler yaratıyordu. "Erkekler, evlenecekleri kadınları anneleri gibi seçmelidir." derdi dedem. Ben annem gibi bir kadını istedim ama kader karşıma Yağmur gibi birini çıkardı. Onu yaptığı her saçmalığa rağmen sevdim, silip atamadım bir türlü.

İşler yoluna girer ümidiyle adı olmayan bu ilişkiye devam ettim. Annemle hiç paylaşmadım bu olanları, çünkü üzülürdü ve ben ona kıyamazdım. O gün Yağmur'dan bahsetmeyi düşündüm anneme ama yine gider diye bahsedemedim. Odama çıkıp Yağmur'u aramaya ve bir şeyleri netleştirmeye karar verdim.

Saat dokuzda aradım ama telefonu meşguldü. Aradan bir saat geçince aradım tekrar, bu sefer de açmadı. Uyumuş olmalıydı. Sonra tekrar aradım, telefonu yine meşguldü. Bu kadar uzun kiminle konuşabilirdi ki? Öyle bir günün ardından sadece sesini duymak istiyordum. Defalarca aradım ama hep meşguldü. Son kez aradığımda telefonu meşgul değildi ve açtı.

- Efendim Rüzgâr, ne oldu?

- Hiç, sesini duymak istedim. Biraz konuşalım mı?

- Olur konuşalım. Aramışsın ne oldu? Bir şey mi var?

- Bir şey olduğu yok, sadece biraz sesini duymak istedim. Yatağa uzandım, bugün yaptığımız şeyleri düşünüyordum.

- Hmm, güzel bir gündü, arada takılalım böyle.

- Yağmur, sence takılmak kadar basit mi bizim görüşmelerimiz?

- Ne bekliyorsun yine benden Bay Türk Dil Kurumu? Ne demeliydim yani... Çok alıngansın farkında mısın?

- Sen de hiç benim farkımda değilsin. Peki sen bunun farkında mısın?

- Uyuyalım mı Rüzgâr?

- Uyumayalım Yağmur Hanım, konuşmak istiyorum.

- Ben istemiyorum.

- Kimle konuşuyordun bu kadar saattir?

- Seni ilgilendirir mi bu?

- İlgilendirmez mi? Ben sadece canın yandığında yanına koştuğun bir adam olarak mı kalacağım? Bu mudur benim senin hayatındaki yerim? Bu mu yani benim sana olan sevgimin karşılığı? Verdiğim değerin karşılığını bu şekilde mi veriyorsun?

- Bağırma Rüzgâr.

- Bağırmıyorum.

- Bağırıyorsun ve ben şu an konuşmak istemiyorum.

- Neden konuşmak istemiyorsun acaba? Yine hayatında biri mi var?

- Saçmalıyorsun, kes artık!
- Kimle konuşuyordun?
- Kapatıyorum Rüzgâr.
- Biz diye bir şey var mı?
- Böyle bir şey olmayacak.
- Kapatabilirsin.
- İyi geceler.

Ona iyi geceler demedim ve bu durum onun umurunda değildi. Benimle ilgilenmiyordu, boşuna uğraşıyordum. Peki neden her seferinde aynı hataya düşüyordum. Uyumadım o gece. O uyudu ben uyumadım. Yine ikimizi düşünerek yazdım. Saatlerce yazdım. Belki ben onu yazarken, o beni kırdığı için üzülür ve arar diye uyumadım yazdım. Rüzgâr Demirsoy yine Mecaz Adam olup içini dökmeye başlamıştı.

Benim yolum sana çıkmaz artık...

İstersen sevgili olalım tekrar. Belki bilmediğimiz bir şehirde doğma şansımız olur ve en baştan severiz birbirimizi. Bu kadar geç kalmışken her şeye, bu kadar geç kalmışken bize, yine de istiyorum gülüşünü. Bana aşkın sen hali lazım. Başkasını yakıştıramam ki kendime. Çözemiyorum kendimi artık. Aklım sende, sen ellerdesin. Kimbilir hangi yolculuklar var şimdi ömründe. Benden uzakta mutlusun elbette, bense sensizliğin cehenneminde.

Oysa bambaşka hayallerim vardı. İkimize bir dünya kuracaktım ve her şey sandığından daha kolaydı. Evimizde öyle çok eşya olmayacaktı, birkaç koltuk yeterdi, bir de yatak. Sonra senin istediğin gibi kırmızı ya da pembe birkaç dolap. Perdeler yine senin istediğin gibi. Komodinin üzerinde pembe bir saat olacak, ama hiç kurmayacağız o saati. O bizim zamanımızın durmuş halini yansıtacak. O saate baktığında sadece bizi anımsayacaksın ve zamanı unutacaksın. Her şey senin istediğin gibi olacak işte... Bir ben olamadım senin istediğin gibi.

Pencerenin kenarında rengârenk boyadığımız saksılar olacak. Her bahar kuşlar konacak saksıların kenarına. Ellerinle uçuracaksın uğur böceklerini... Neler neler vardı hayallerimde, hiçbirini anlatamadım ama "Sana bensizlik yaramaz" demiştim. Onu da sen inatla anlamadın. Şimdi nasılsın acaba? Ayrılmak unutturmuyor hiçbir şeyi. Gidişin yoruyor, kalışın daha da çok yoruyor, dinlenemiyorum. Aklım sende, sen ellerde. Git. Hep söyledim, seninle aramızda olsa olsa "üç harf" olur. O üç harf önce "gel" olur, ardından "aşk" olur, sonra "sev" olur, gideceğin zaman "kal" olur, kal dediğimde durmadığında ise "git" olur. O yüzden sen git. Ben seni yokluğunun özlemiyle seveyim. Sen beni tükettiğinle kal gittiğin yerlerde...

Nasıl da umutlandım birden!

Bu sana göndermediğim kaçıncı mektup bilmiyorum. Yazıp yazıp silmediklerimi bir kutunun içinde biriktiriyorum. Gün gelir okursun. Hayat bu belli mi olur! Biraz da umut var içimde, sanki tekrar karşılaşacakmışız gibi...

Yanında olan hiç kimseye tahammülüm yoktu. Bunu bile bile bana aptalca bir ömür yaşattın. Suç bendeydi aslında. Böyle körü körüne sevmemeliydim. Altını kalın harflerle çizdiğim cümleler oldu kitaplarda. Adının geçtiği cümleleri karaladım. Bana seni hatırlatan her şeye küstüm. Kendimi kitaplara verdim ve kitaplar bana her cümlede seni hatırlatsa da, kitaplara küsemedim. Hani bazen sarılacak hiç kimseyi bulamazsın ya, işte o anlarda kitaplar sarıldı bana. Bir kadın çıktı içinden sevdi beni. Sonra bir adam, "Üzülme" dedi. "Ben de yalnız bırakıldım bu hayatta."

Eğer dinlemek istersen, kitaplar seninle konuşur. Yanı başında öyle sessizce boş boş yer kapladıklarını düşünme. Her şey onları eline almana bakar. Rasgele bir sayfa seçersin. Ben bu yazının ortasında onu yapacağım. Eğer bir gün okursan bunları sen de öyle yap.

"Aklıma ne esti bilmiyorum
ama umutlandım birden."

Emile Ajar - Onca Yoksulluk Varken, Sayfa 67

Ne güzel bir cümleydi bu. Nasıl da umutlandım birden. Aklıma ne esti bilmiyorum ama bildiğim şeyler var bu hayatta. Bazen bir cümle hayata döndürür. Seninle dönemediğim hayata kitaplarla dönüyordum. Onlar olmasa kime sarılırdım ki...

Onuncu Bölüm

Kalp insana kötü bir şey yaptırmaz,
adece zaman zaman aldığın bazı sonuçlar canını yakar
ama kalbinle yaptığın her şey iyidir.

"Tek yanlı aşk kişiyi nasıl aptallaştırıyor, nasıl unutmuşum senin bir başkasını sevdiğini…" / Cemal Süreya

Ne zaman Yağmur'dan bir darbe yesem kitaplara sarılıyordum. Kitaplara sarılırken aslında hep yanımda onu istiyordum. Ona kitap okuduğum bir hayalim vardı. İnsan hayallerinden ne zaman uzaklaşıyor ki! Belki de her şey vazgeçtiğinde bitiyor. Benim Yağmur'dan vazgeçmek gibi bir niyetim yoktu. Her şeyi oluruna bırakıyordum da, Yağmur'u kimseye bırakamıyordum. Hayat ne kadar anlamsız gelirse gelsin, ben o anlamsızlıklarla birlikte onun da geleceği günü bekliyordum.

Bazen neden gittiğine anlam veremezsin. Her şey yolundadır oysa, ama araya buz gibi bir "iyi geceler" sesi girer ve her şey en başa döner. Belki de her şey, sadece senin baktığın yerden yolunda görünüyordur. Ona göre yolunda giden hiçbir şey yoktur. Sırf sevdiğin için her şeyi tozpembe görürsün. Sırf sevdiğin için onun da seninle mutlu olduğunu zannedersin. Oysa o ne mutludur ne de mutsuz. Sen kendine göre planlar çizersin ve kader senin planlarına gülümseyerek eşlik eder.

Aradan geçen zamanda Yağmur yine beni aramadı. Belli ki yalnız değildi. Eğer yalnız kalsaydı yanına koşacağı ilk adam ben olurdum. Onun da benden başka durağı yoktu ama iş sevgili olmaya gelince bir türlü olamıyorduk. O soğuk telefon konuşmamızın üstünden yaklaşık iki hafta geçmişti. Uzaktan uzağa yine odasının ışıklarını izliyordum. Eve giriş çıkış saatlerine bakıyordum. Uyuyup uyumadığını bile kontrol ediyordum. Artık her şeyi netleştirmenin vakti gelmişti. Ya "biz" olacaktık ya da hiç. Seçim onundu.

Evlen benimle...

Hayatım boyunca abartılı şeyleri sevmedim. Her zaman sade, yeni şeyleri keşfetmekten yana oldum. Ne fikir aldığım kimse vardı ne de dertleşebildiğim biri. Yalnızlık içime oturmuş, dışıma kuşanmıştı. Bir Yağmur vardı işte. Çocuklarımız olsun istiyordum. Bir erkek için en zor şeylerden biri de budur. Bir eş seçmek her zaman bir anne seçmek midir, tartışılır. Yağmur çok güzel bir anne olabilir miydi bilmiyorum. İyi bir eş olup olmaması konusunda da net bir fikrim yoktu. Tek istediğim onu hayatıma katmak ve onunla birlikte yol almaktı. Erkekler böyle aptallıkları çok sık tekrarlar. İyi bir eş ve iyi bir anne olabilecek kadınların çoğu işte bu yüzden yalnızdır.

Tek bildiğim şey Yağmur'u seviyor oluşumdu. Bu ne kadar kısa bir cümleydi böyle. Bir hayatı baştan sona kucaklayan ama kısacık. Sevmek. Beni yerle bir eden altı harf işte.

Bu hayatta kaybettiğim her şeyin üzerinde bir parça Yağmur'un izi vardı. Yine de onu istiyordum. Aşk bir aptallıktı. Evet, aşk kalbinizi ele geçiren bir aptallıktı. Ben

Yağmur'a aittim. Hiçbir zaman bana ait olmayacak bir kadına belki de... Olan biten her şeyi görmezden gelip Yağmur'u yeniden seviyordum. Kalbim ondan başkasına yakışmazdı ve onun da yakışamadığı bir ben vardım işte. Annem Müberra Hanım üç gün için şehir dışına gitmişti. Evde yalnızdım. Yağmur'u film izlemek için eve çağırmaya karar vermiştim. En yakın arkadaşım olmasına rağmen dünyanın en soğuk insanıydı. Sanki birlikte değildik. Hani bazen başka birine ait olan bir eşya birkaç günlüğüne sizde kalır ya, Yağmur benim için tam da öyle bir şeydi.

Aradım ve akşam için onu film izlemeye davet ettim. Bir planının olmadığını gelebileceğini söyledi. Yağmur umursamaz bir kızdı, çoğu zaman davetlerimi kabul bile etmezdi. Her şeyi ertelemeyi severdi. İlk defa bir davetimi bu kadar çabuk kabul etmişti.

Hemen odayı hazırlamaya koyuldum. Ev zaten gayet düzenliydi. Fazla fazla bir şeyler yapmama hiç gerek yoktu. Ben yine de film izlerken uzandığım büyük minderleri salona indirdim. Her şey onun daha rahat etmesi içindi... İçeride ise film sonrasında bir gece yemeği için çok güzel bir sofra hazırlamıştım. Bu her şeyden sonraki aşamaydı.

Anlaştığımız gibi akşam sekiz buçuk sularında bize geldi. Her şeyi önceden hazırlamıştım. Sırf o seviyor diye birkaç mum bile yakmıştım. Koca bir yalanı seviyordum ben. Evet evet, koca bir yalanı. İnsan kendi için değil de bir başkası için yaşıyorsa, ortada ona ait bir hayat yok demektir. Benim bir hayatım yoktu. Yağmur vardı sadece...

İki kahve yaptım. Hayatımın en güzel kahveleriydi işte onlar. Kahve ve kahve içtiğim bir anı Yağmur'la paylaşmak en sevdiğim şeydi, benim için her şeyin ötesindeydi.

Filmin ortalarına gelmiştik ki, bitti kahvelerimiz... Yüzüme doğru baktı.

- Bu ne şimdi ya?

- Kahve işte, beğenmedin mi?

- Ya onu demiyorum, bu fincanın içinde yazan "Evlen benimle" yazısı nedir Rüzgâr?

- Benimle evlenmeni istiyorum Yağmur?

- Bu mudur yani?

Hayatta gördüğüm en aptal surat ifadesiyle baktı bana. "Bu mudur yani?" ne demek, "İyi misin sen?" diyemedim.

Böyle bir evlenme teklifini beni hiç sevmeyen bir kıza bile yapsam, en azından bir tebessüm eder ve "Yok ben almayayım" falan derdi.

Belli ki Yağmur'un umurunda değildim. Kendime sakladığım bir hayal olarak kalmalıydı. Benim aklımdan bunlar geçerken Yağmur telefonunu kurcalıyordu.

- "Çıkmam lazım" dedi.

- "Peki, iyi akşamlar" diyebildim.

Yolu sizden geçmeyen bir kadına, "Nereye gidiyorsun?" diye sormanın bir anlamı yoktur. İstediği yere gidebilir. O gün hayalime sakladığım kadını sevmeye devam ettim ama Yağmur'a bir ceza vermeliydim. Bu umursamadığı adam hayallerini alıp gitmeliydi, çünkü gitmek en çok severken sevilmeyene yakışıyordu.

Odama çıktım. Aynanın karşısına geçip gülümsedim. Kendime kızmadım. Dedemin sözleri geldi aklıma **"Kalp insana kötü bir şey yaptırmaz, sadece zaman zaman aldığın bazı sonuçlar canını yakar ama kalbinle yaptığın her şey iyidir."**

Canım yanıyordu. Kalbimin acısı bir yana, umutlarım tükenmişti. Sanırım ben bir kadının hayalindeki adam olmayı beceremiyordum. Ne yapmalıydım çok sevilmek için... Hadi çok da sevilmesem olur, Yağmur'un beni sadece bir parça sevmesi için ne yapmalıydım? İnsan kendine bazen gerçekleri söylemeli: Yapacak hiçbir şey yoktu.

Hâlâ aynada kendime bakıyordum. Aptallaşmıştım. Fincanın dibindeki "Evlen benimle" yazısını yazan ellerime baktım. Yağmur'un tutmadığı ellerdi işte bunlar. Bir ömür yalnız bırakacağı eller. Ben o gün vazgeçtim Yağmur'dan... Zorla güzellik olmuyordu. Belki de yapılacak en zor şeyi yaptım. Sustum ve yatağıma uzandım. Bir ömür o yatakta öylece kalabilirdim.

Aklımı kaybetmemek için o gece de saatlerce yazdım. Rüzgâr Demirsoy olmak değil de, Yağmur'u hayatımın merkezine koymak yoruyordu beni. Hep Yağmur'u yazdım ve o hiç okumadı beni. Okusaydı böyle olmazdı belki de. Anlardı beni, anlardı onu ne kadar çok sevdiğimi. Ya ben anlatamadım ya o anlamak istemedi. Artık biz diye bir şey olmayacağına inanmaya başlamıştım. Birilerine durumumu anlatsam gülüp geçerdi. Rüzgâr Demirsoy gibi her şeye sahip bir adam, bir aşk yüzünden bütün hayatını mı karartıyordu yani, inanılacak gibi değildi.

İnsan elindekilerin değerini bilmeliydi elbette, insan elindekilerle yetinebilmeliydi. Hayat işte burada beni yormaya başlıyor. Herkesin sorunu hemen hemen aynıdır. Aşk yüzünden mahvolan hayatlar vardır. Ben öyle bir hayat istemiyordum. Vazgeçmeliydim ama onu da bir türlü beceremiyordum. Yağmur okusun diye yazılar yazmaya devam ettim. Belli mi olurdu, belki bir gün beni gerçekten anlardı. Belki yanımdan hiç ayrılmazdı. Umut işte, başka bir hayalim yoktu.

Gel beraber mandalina yiyen iki insan olalım, bizden başka bir şey olmaz...

Geceden kalma cümlelerimi gündüzün ortasında okuyorum. Kendimi kendimle besliyorum. Katkısı hep sen. Keşke diyorum keşke bütün bu aşk dediğim duygular hep içimde kalsaydı. Hiçbir şeyden haberin olmasaydı ve öyle uzaktan uzağa sevseydim seni. Olurdu, çok da güzel olurdu. Varlığın yanımdayken sensiz kalmaktan daha kötü olamazdı hiçbir şey. Ben senin varlığınla yok oldum. Sen ne kadar varsan ben o kadar olamadım sende. Sen başkalarının aşkı, benim ise hayalim olarak yaşadın sadece.

Şimdi karşıma çıksan "Ben geldim" desen, yine uzatırım ellerimi biliyor musun? Aptallıktan değil bu, aşktan da değil. Bunlar hep kıyamamaktan. Ben seni ortada bırakamam ki, ben senin çaresiz kalmana tahammül edemem ki! Ne olursa olsun sahip çıkarım sana, çünkü gerçekten sevmiş bir adamın başka çaresi yoktur. Benim başka çarem yok.

Yalnız şunu da unutma küçük hanım, ben seni çok güzel severdim. Öyle güzel severdim ki, sen kendi güzelliğini *unuturdun. Unutulan ben oldum işte, çünkü çok sevmenin karşılığı budur.*

Büyük harflerle sevmek istemiştim...

Bazen insan kendine sorular sormaktan korkar ve bu bir kaçış getirir. Eğer bu kaçış başladıysa fazlasıyla korku sarmıştır o benliği. İnsan neden kaçar ki sorulardan? Hem de cevabını ezbere bildiği sorulardan.

Kendinize yetmediğiniz zamanlar oldu mu? Benim çok oldu. Çok çaresiz hissettim kendimi ve dışarıya her ne kadar mutluymuş hissi versem de, içimdeki fırtınaların gözyaşlarımı savurmasını engelleyemedim. Dedem hep gözyaşını saklama oğlum, derdi. Ağlamak, yaşayan herkes için en büyük lütuftur. Geldiğinde sakın kendini tutma.

Bugün kendimi tutmuyorum. Tutabilsem keşke ama tutamıyorum. Benimki artık öğrenilmiş bir çaresizlik. Peşine düşmeye gücüm yok hiçbir şeyin. Hayatımdaki tek sorunun Yağmur olduğunu sanıyordum. Oysa hayatlar içinden hayatlar çıkıyormuş. Hiçbir hikâye göründüğü gibi değilmiş.

Bu benim hikâyem. Arkasına saklandığım bir bedenim var. İçimde yaşattığım bambaşka iki adam. Belki de hastayım ben kimine göre. Belki de delirdim. Oysa iyiyim. Herkesten her şeyden daha iyiyim. Neden ben, diye sorgulamıyorum hiçbir şeyi. Kaderime razı oldum. Yalnızlığa da. Bazen düşünüyorum da, şimdi çıkıp biri beni sevdiğini söylese, inanmaya dermanım yok.

İnsan güvenini kaybetmeyegörsün... Bir kere kaybedince bir daha bulamıyor. Artık ne kimseye güvenebiliyorum ne içimi açabiliyorum. Dedemden hatıra kalemler ve kâğıtlar var. İşte sadece onlara içimi dökebiliyorum.

Yoruldum. Çok yoruldum, hem de büyük harflerle yoruldum. Oysa ben büyük harflerle sevmek istemiştim sadece. Sevmek dışında her şeyi büyük harflerle yaşadım. Benim hikâyem de böyle işte.

Olmayacak yağmurlarda ıslandım...

Hiç haberin olmasaydı keşke. Seni sevdiğimi de istediğimi de bilmeseydin. Uzağından sevseydim seni, inan öyle her şey daha güzeldi. Ne var ki insan cesaretleniyor zaman zaman ve ıslanmak istiyor aşktan. Ben çok yanlış yağmurlarda ıslanmışım. Ben çok yanlış zamanlarda içimi dökmüşüm ve yine çok anlamsız anlarda açılmışım sana...

Her şeyden değil belki ama ben içinde sen olan hayallerden vazgeçtim o gün. Artık kimle mutluysan onla kal, kapım açık ama kalbim kapalı sana.

On Birinci Bölüm

Ben sana âşığım ve bu aşk belki de fazla sana.
Gelirsen bekliyorum ama gelmezsen çağırmıyorum.
Üşüdüğünde battaniyelere değil de seni seven birine
sarılmak istersen ben yine buradayım.
Seni seninle bırakıyorum.

Yağmur'dan mektup var...

Olan biten her şeyin ardından, artık tamamen vazgeçmiştim Yağmur'dan. Aramazsa aramayacaktım, sormazsa sormayacaktım. Ona dair her şeyi görmezden gelecektim. Onu hatırlatan her şeyden uzaklaşacaktım. Yine yapamadım. Kalbime söz geçiremedim ve ona bir mektup yazıp gönderdim. Hemen yanımızdaki evde oturan bir kadına mektup göndermek için postaneye gittim. Öylesine uzaklaşmıştım ondan ve artık incinmekten korkuyordum. Kırılmak bir yana parçalanmıştım ve yeni bir acıyı kaldıracak gücüm yoktu. O gün yazdığım mektup, ona her şeyi anlatmaya yeterdi.

Yağmur'a...

Kalbine verdiğim rahatsızlıktan dolayı özür dilerim. Bazen insan sığamayacağı yerlere girmeye çalışıyor işte. Aksine hiç de huyum değildir böyle şeyler, davet edilmeden kimsenin kapısını çalmam. Gel gör ki, bu gönül işleri davet falan beklemiyor. Bir anda seviyorsun ve o kalpte kendine bir yer arıyorsun. Zamanla anlıyorsun o kalpte senin için ayrılmış bir yer olmadığını ama o zaman geçerken sen de kendinden geçiyorsun işte. Son zamanlarda iyice hassaslaştım, iyice âşık bir adam oldum. Sıkılmadığım birkaç şey kaldı... En sevdiğimden başlayacak olursam eğer, seni yazmaktan hâlâ sıkılmadım, bir de beyaz leblebiden.

Leblebi deyip geçmemek lazım. Havaya atıyorum ve ağzıma düşmesini bekliyorum bazen. Dişlerime çarpmadan dilime değerse, beni sevdiğini düşünüyorum. İşte bu tam bir aptallık! Şunu da yazmadan edemeyeceğim... Annemden sonra böylesine sevdiğim ilk kadınsın. Bunları beni anlaman için yazmıyorum, ancak bir yandan da anlaşılmak istiyorum. En çok da seni anlamak istiyorum. Düşününce anlamsız geliyor yaptıkların ve ben senin en anlamsız hallerini bile seviyorum.

Aşk olmadan yaşanır ama illa aşk vardır, olmaması mümkün değil.

Kendini çok seven biridir mesela ve kendi ellerine âşıktır o soğuk yüzlü kadın. Arabasının tasarımına âşıktır, hiç aşktan anlamaz dedikleri adam. Üstünde pembe püskül olan bir kaleme âşıktır küçük bir kız çocuğu. Mavi arabasına âşıktır üç yaşındaki bir çocuk, sahip olduğu onlarca oyuncak arabaya rağmen.

Aşk vardır. Kahveye âşıktır adamın biri, kahveyi içişine âşıktır bir kadının. Soğuk havalara âşıktır yaşlı bir dede, çünkü hasta yatağında sıcak havalarda terlemeye tahammülü kalmamıştır. Sonra bir nine düşün, birilerinin kendisini dinlemesine âşık...

Âşıktır insan, hem habersiz hem âşık. Neye âşık olduğunu bilmeden yaşanmaz işte. İnsan âşık olunca hakkını ver-

meli. Bir çift eli tutmak değildir aşk. Uzun uzun sarılmak da değildir. Aşk kendini unutmaktır. Aşk tutamadığın elleri düşlemektir.

Belki de sadece bir şarkıya âşıktır adam ve bir kadına. Ve o kadın sadece bir roman karakterine âşıktır Adam şarkılar dinler, kadının hayatına giremez. Kadın, adamlar bekler ama hiçbiri bir roman karakteri kadar sevemez.

Ben senin roman karakterin olmak isterdim. Kitaplarda okuduğun bir adam olmak isterdim. Öyle bir aşka bile razıydım. Olamadık biz ama hep seninle olmak, sende doymak istedim ben. Ben de senin canını yakabilirdim, seni üzebilirdim ama yapamadım. Sırf sevdiğim için seni üzemedim, kapıları kapatıp gidemedim.

Ben sana âşığım ve bu aşk belki de fazla sana. Ben artık bir cevap beklemiyorum. Gelirsen bekliyorum ama gelmezsen çağırmıyorum. Kendine nasıl bakarsan bak. Üşüdüğünde battaniyelere değil de, seni seven bir adama sarılmak istersen ben yine buradayım. Seni seninle bırakıyorum.

İçimden geçen her şeyi yazmıştım. Artık geriye kalan ne varsa Yağmur'a bırakmıştım. İsterse gelirdi. Ben her zorlukta ona kucak açan bir adam olacaktım.

Günler günleri kovalıyordu ama Yağmur Hanım'dan ses çıkmıyordu. Okumuştu mektubu ve sessizdi. Karşınızda susan bir insan varsa ne kadar dil dökerseniz dökün onu yenemiyorsunuz. Hepten umudu kesmişken, bir akşam telefonuma gelen mesajıyla mutlu olduğum anlara bir yenisini daha ekledim:

"Bahçeye iner misin, bende bir mektubun var?"

Mesaja cevap bile yazmadan hemen bahçeye indim ama ortada Yağmur yoktu. Bahçe kapısına doğru yürüdüm ve kapıyı açtım. Hemen kapının önünde üzerinde "Rüzgâr'a" yazan pembe bir zarf duruyordu. Pembe, Yağmur'un en sevdiği renkti. O zarfı yerden alıp göğsüme dayadım ve odamın yolunu tuttum.

"Bazen okuyacaklarınızdan korkarsınız."

Uzun süre o zarfı açamadım, çünkü içinden çıkacak olan mektup ya her şeyi bitirecekti ya da içimdeki aşka biraz olsun umut verecekti. Beklemenin anlamı yoktu, ne yazdığını öyle merak ediyordum ki... Zarfı yapıştırmıştı Yağmur. Hiç zarar vermeden açtım ve içinden mektubu çıkarıp usul usul okumaya başladım...

Rüzgâr'a

Ben senin kadar güzel yazamam ama sırf sen o mektubu yazdığın için sana böyle bir karşılık vermek istedim. Belki bu mektuplar sayesinde birbirimizi daha iyi anlarız.

Hayatım boyunca hatalar yaptım ve hiçbirinden şikâyet etmedim. İnsanın kendi hatalarının bedelini ödemesi o kadar da yıpratıcı olmuyor. Sen benim hatalarımdan birisin. Senden daha büyük bir hatam varsa o da sana umut vermemdir.

Bilirsin, hayat keşkeler ile geçmez ve keşke pişmanlıktır. Ben hep "iyi ki" demek istedim ama diyemedim işte.

Hayat bana o şansı vermedi. Bizim yaşadığımız bir aşk olamaz. Olsa olsa arkadaşlıktı. Sana bunu bir türlü anlatamadım.

Bilirsin işte, belki de bilmezsin. Kadın ruhundan anlıyor olabilirsin ama sonuçta bir kadın değilsin. Soyadın, diyorum bana yakışır mıydı diye düşündüm geçenlerde... Bu ne demek biliyor musun? Bir kadın olsan beni daha iyi anlardın ama ben yorulmam bir şeyleri anlatmaktan...

Biz kadınlar öyle önümüze gelen her adamın soyadını adımıza ekleyip "Acaba nasıl oldu? Yakıştı mı?" diye düşünmeyiz. Ben bunu geçenlerde ilk defa düşündüm. Sen benim olsan, yeni bir başlangıç yapsak ve hayat bize gülse nasıl olurdu acaba diye hayal ettim. Beni deli gibi seven bir adama bu şansı vermeyi çok isterdim.

Olmadı Rüzgâr.

Dün gece odanın ışığı yanmadı, nerede bu adam diye merak ettim sabaha kadar. İnsan sevmediği birini böylesine düşünmez ama ben seni senin istediğin gibi sevemiyorum işte, bunu anla lütfen.

Hayat her istediğimizi bize vermek zorunda değil. Çok yakın olabiliriz. Mükemmel anlaşabiliriz. Birlikte iyi vakit geçirebiliriz ama sana olan sevgim aşka dönmüyor Rüzgâr. Sen de artık içine düşen Yağmurlardan kurtulmayı dene. Söyleyecek başka hiçbir şey yok.

Mektubu okuduktan sonra, ben de içimi kâğıtlara dökmek istedim.

Yaşadıklarımın bir adı varsa
o da yolda bırakılmışlıktır...

Ben kapının önünde yarım kalmış bir adamım artık. İçeri girmeye gücüm yok. Oysa insan güçlü olmak zorunda, çünkü hayat her an zor. İyi şeyler yaşamak elbette herkes gibi benim de hakkımdı. Olmadığı için kendimi suçlamıyorum ama bir yerlerde hatalarım olduğunu kabul edebilirim. Ben sahiplenmeyi öğrenemedim. Elimde olanın değerini bilen bir adam olamadım. Bu yalnızlık biraz da bunun eseri.

İçimde bir boşluk var. Sanki, sokağın ortasında bırakılmış bir kundağın içindeki bebek gibiyim. Dünyadan bihaber yaşamaya çalışıyorum. İşin kötü yanı hâlâ yaşamaya çalışıyorum. Bunaldım biraz ama kimseye söyleyemiyorum. İnsanın bir dosta ihtiyacı oluyor bazen. Ben her şeyimi anlatacak çok dost buldum ama hiç farkına varamadım. Gittiklerinde ya da onları kaybettiğimde bunu anlayabildim.

Dünyadaki en aptal insan ben miyim diye düşünmüyor değilim. Bu kadar iyi olmak zorunda mıyım? Her şeye rağmen hâlâ onun kokusunu içime çekmeyi istemek zorunda mıyım? Kapının önündeyim ama onun bana yaşattıklarından haberi yok. Başkasıyla mutlu olduğunu düşünüyor. Eğer gerçekten mutluysa diyecek lafım yok ama kaybettiği bir "biz"e değer miydi tüm bu yaşadıklarımız? O konuda hiçbir zaman kesin bir karara varamayacağım.

Son olanlardan sonra ondan soğuduğumu hissediyorum. Bir başkasıyla olmasaydı belki daha kolay atlatırdım ama ya ölmüş olsaydı? Onu hiç sevemeyecektim. Benim olmasa da onu sevmek güzeldi. Yorgunluğum gözlerimden okunuyor, *biraz dermansızım ama bunu kendime bile söylemek istemiyorum. Ben hep güçlü bir adam olmak istedim. Bu durumu şu sıralar görmezden geliyorum.*

Kendimden ummadığım şeyleri yaşıyorum. Yolda bırakılmışlık bu benimki. Evet evet, yaşadıklarımın bir adı varsa o da yolda bırakılmışlıktır. Ben yolda bırakıldım. Yolun başını göremeden ortasında kaldım yapayalnız ve kimsesiz.

Bazen yazmak da yetmez,
insan kaçıp kurtulmak ister...

O akşamdan sonra, Annem Müberra Hanım'a hiçbir şey söylemeden evden ayrıldım. Yağmur'a yakın olan bir evde kalmak istemiyordum. Başkalarıyla mutlu olduğunu görmek beni iyiden iyiye üzecekti. Yapacak hiçbir şey yoktu. Beşiktaş sahilinde sabahladım o gece...

İçebildiğim en zararlı şey gazozdu ve yanında beyaz leblebi. Birini unutmak ya da acımı hafifletmek için sarhoş olmaya ihtiyacım yoktu. Zaten içmeyi de pek beceremezdim. Birkaç gazoz içtim ve beyaz leblebi yedim. En sevdiğim ikili buydu işte. O gece eve gitmeyecektim, telefonumu kapatmıştım. Sadece kendi halimde olup kendimi dinlemek istiyordum.

Arabanın içinde uyumuşum... Martı sesleriyle uyandığımda çoktan güneş üzerime doğmuştu. Bir zamanlar ona olan sevgimi yüklediğim martıların kanatları şimdi üzerimde öylece süzülüyordu. Eve gitsem iyi olacaktı. Müberra Hanım da çok merak etmiştir beni. Tüm gece telefonum kapalıydı. Öylesine beni seven bir kadın, çektiğim aşk acısının ve pişmanlığın yansımasını asla hak etmiyordu.

İnsan bazen hatalar yapıyor. Başkasının hak ettiği bir cezayı hiç hak etmeyen insanlara veriyor. Yağmur'a yapamadıklarımı anneme yapmıştım. Bu dünyada beni en çok seven kadına hiçbir şey söylemeden evi terk etmiştim o gece. Bir an önce eve gitmem ve ona sarılmam gerekliydi. Benim annemden başka hiç kimsem yoktu. Onu üzmek gibi bir hakkım ise hiç yoktu.

Sabahın ilk ışıklarıyla birlikte uyanmıştım ve hâlâ hayattaydım. Eğer nefes alıyorsanız umut var demektir. Ben tüm umudumla o gün bir kez daha doğdum. Artık hayatımda Yağmur'a yer yoktu. Annem Müberra Hanım'a yakışan bir evlat olacaktım. Önümüzde annem ile yaşayacağımız güzel günler vardı. Annemi doya doya koklamak ve o güzel yüzünü avuçlarımın arasına alıp sevmek için evin yolunu tuttum.

On İkinci Bölüm

Hayat her zaman yeni hikâyeler hazırlar bizlere.
Tam bitti derken yeniden başlarız her şeye...

Birinin ölüm haberini alıyorsanız,
hâlâ hayattasınız demektir...

Arabada telefonu açtığımda, annemin beni defalarca aramış olduğunu ve mesajlar attığını gördüm. Yağmur'dan tek bir arama ya da mesaj bile yoktu. Bahçe kapısına geldiğimde salonun ışığının hâlâ yandığını gördüm. Annem beni bekliyor olmalıydı. O an ben meleğimi neden üzdüm ki diye düşündüm. Müberra Hanım bunları hak etmiyordu. Bu hayatta benim ondan başka kimsem kalmamıştı ve onun da benden başka kimsesi yoktu. Birbirimize sahip çıkmalıydık.

Evin kapısını annem uyanmasın diye usulca açtım. Önce salona baktım, annem tek kişilik koltuğunda uyuyakalmıştı. Bir bardak su içmek için mutfağa geçtim. O sırada ocaktaki yeni demlenmiş çayı gördüm. Annem benim için sabah çayı hazırlamıştı dönerim umuduyla ve haklıydı... Dönmüştüm. Annemsiz kalamazdım ben. Onsuzluğa tahammülüm yoktu.

Çayın altını kıstıktan sonra salona geçtim. Annem öyle güzel uyuyordu ki... Elinden öpüp sofrayı hazırlamaya başladım. Üşümüştü, üzerine odadaki küçük battaniyeyi örttüm ve güzel bir kahvaltı hazırlamaya koyuldum. Annem her yaz Bozcaada'da kalır, orada Nebahat Abla'dan birkaç çeşit reçel alır ve öyle dönerdi. Anneme güzel bir reçel kahvaltısı hazırladım. Başköşeye de en sevdiği reçel olan ceviz reçelini koydum.

Salona geçip kapının kenarından, "Anneciğim kahvaltı hazır" dedim. Öyle derin uyuyordu ki, duymamıştı beni. Yanına gittim elini okşadım, öptüm. Hâlâ soğuktu annem. Yüzüne dokundum. Soğuktu. Annem soğuyordu. "Anne" dedim, duymadı. Tekrar öptüm yanaklarını, ellerini... Yüzünü avuçladım öptüm annemi... Duymuyordu beni. Annem öylece kalmıştı tekli koltuğunda. Ölmüş olamazdı... Hayattaki tek varlığımı kaybetmiş olamazdım! Odasından, düzenli olarak kullandığı kalp ilacını alıp geldim. Açmadı annem ağzını. Ölmüştü annem. Bitmiştim ben.

Bu hayatta beni koşulsuz seven tek insan, annem ölmüştü. Allah'ım anneler ölümsüz olmalı. O an ilk kez **"Neden ben?"** dedim. Allah'ım neden ben. Annem benim her şeyimmiş meğer. Böyle mi ayrılacaktık yani? Bu nasıl soğuk ve sessiz bir vedaydı anne? Ben nasıl bensiz bıraktım seni? Ben neden kapattım ki o telefonu? Sen nasıl böyle yarım bıraktın beni...

İnsan kaybetmeden hiçbir şeyin değerini anlayamıyor. İnsan sahip olduklarının değerini bilmeliydi. Ben değer bilmeyen bir adam değildim ama hayatım boyunca yaptığım tek eşeklik beni annemden ayırmıştı. O gün her şeyden, herkesten nefret ettim. Bütün hayatım gözlerimin önünden geçti. Tükendim. Aşkın değil de, bir anneyi kaybetmenin verdiği o büyük acıyı yaşadım. Yaşamak ne de kötü şey bazen. Annem üzülme sen, ben istediğin gibi bir evlat olamadım, beni affet.

Annem ölmüştü, onun dizlerine yatmış ve buz gibi salonun sessizliğinde ellerini tutuyorken ben de orada binlerce defa ölmüştüm. Kendimi biraz toparlayınca yere düşen battaniyeyi alıp annemin üzerini örttüm ve eve bir ambulans çağırdım. Annemi morga götürdükten sonra bütün bunların bir rüya olmasını diledim. Gözlerimi sıkıca yumdum ve açtığımda yine aynı yerdeydim. Bunun ne demek olduğunu yaşamadan bilemezsiniz. Hâlâ aynı yerde olmak ilk defa bu kadar çok canımı yakıyordu.

Eve döndüğümde annemin arkadaşlarını ve akrabalarını arayıp bu haberi vermem gerekiyordu ama bu gücü kendimde bulamadım. Cenaze yarın kalkacaktı ve bunu biri duyurmalıydı insanlara... Annem Müberra Hanım'ın şirkette çok sevdiği bir asistanı vardı. Hemen ona durumu anlattım ve o da ağlayarak dinledi beni. Bütün görevi ona yüklemiştim. O benim yerime herkese cenazeyi duyuracak, gazetelere ilan verecekti.

Şimdi yapacak hiçbir şeyim kalmamıştı. Birdenbire evdeki bütün ışıkları yakma isteği uyandı içimde. Gerçekten kahrolmuş bir durumdaydım. Anneme veda edememiştim. Korkuyordum. Bu sefer yalnızlığı en derinimde hissettim. Bu gerçek bir yalnızlıktı. Bundan öncekilerin hepsi bir oyundu.

Ben dışarıda Yağmur'la uğraşırken acaba annem neler yapmıştı? Muhakkak beni çok merak etmişti. Belki de beni düşünmekten öldü. Başıma bir şey geldi zannetti. Evet haklıydı işte, başıma çok kötü bir şey geldi. Bomboş bir aşk uğruna gözlerimi kör, kulaklarımı sağır etmiştim.

Hem ağlıyor hem de evde dolaşıyordum. Yatak odasına gittiğimde annemin o hep bilindik kokusu yakaladı beni. Suçluluk duygusu her yanımı sarmıştı. Sonra yatağın üzerinde bir not buldum. Bu annemin el yazısıydı ve kapının arkasındaki mor kutunun bana ait olduğunu yazmıştı.

Kapının arkasına yöneldim, özel olarak küçük çiçeklerle işlenmiş mor kutuyu kucağıma aldım ve yatağın üzerine oturdum. İçinde zamanla sararmış birkaç mektup, annemin yazıları ve siyah beyaz fotoğraflar vardı. Ardı ardına iki kere hapşırdım. Annem geldi hemen aklıma. Yanımda olsa "İyi yaşa oğlum" derdi. Sadece hapşırdığımda çıkan seslerin yankısı vardı duvarlarda. Elimde o kutuyla kalakalmıştım.

Kendimi çok kötü hissediyordum. Kutuyu alıp odama götürdüm ve dolabımın içine bıraktım. Şimdi düşünme zamanıydı. Bütün gün evde annemin eşyalarına sarıldım. Kimseye kapıyı açmadım bir süre... Öğleden sonra gelen taziye ziyaretlerini kabul ettim. Aynada kendime baktım, bitmiştim. Yüzüm gözüm şişmişti. Yağmur geldi.

"Başın sağ olsun Rüzgâr" dedi.

"Sağ ol" dedim.

Konuşmak istemiyordum kimseyle. Ben her şeyi kaybetmiştim. Yağmur'dan ilk defa nefret ettim o gün. Sevgi nefrete dönüşür, derlerdi de inanmazdım. Başka türlü yok olmuyor işte. Nefret oluyor. Annemi onun yüzünden evde yalnız bırakmıştım. Onsuzluğun cezasını annem bensizlikle çekmişti.

Bütün gün ev doldu taştı. Biri gelip biri gidiyordu. Ne çok seveni vardı annemin... Ne zamansız bir ölümdü bu... Annemin asistanı Zeynep aradı:

- Rüzgâr Bey, vefat ilanıyla ilgili özel olarak yazdırmak istediğiniz bir şey var mı?

Donup kalmıştım. Annem gerçekten beni bırakıp gitmişti. Ben seni arayacağım, diyerek kapattım. Lavaboya gidip elimi yüzümü yıkadım. Sürekli burnumu çekiyordum. İlk defa bu kadar çok ağlamıştım. Zeynep'i aradım ve vefat ilanı için yazılması gerekenleri söyledim.

"Birinin ölüm haberini alıyorsanız, hâlâ hayattasınız demektir. Ben o haberi duymamak için şu an yaşamıyor olmayı isterdim. Seni çok seviyorum anne.

Oğlun Rüzgâr Demirsoy"

Ertesi gün annemi toprağa verdik. Hiç ciğerinizi söktüler mi? Eğer annenizi toprağa koyan sizseniz sanki kendi ciğerinizi koyuyormuş gibi hissediyorsunuz. İşte hiçbir ölüm o kadar gerçek olamaz. Yaşadığınız her anı bir bir hatırlıyorsunuz o kısacık anda. Saniyeler sürüyor bir insanı toprağa bırakmak, işte o an anlıyorsunuz bu dünyanın bomboş bir yer olduğunu ve soruyorsunuz kendinize:

"Neden yaşıyorum ki ben şimdi!"

Evlatlar anneleriyle birlikte ölüyor. Annem benim ölümüme hiç tahammül edemeyebilirdi. En hayırlısının böyle olduğunu umuyorum. Bu durum biraz olsun rahatlatıyor içimi. Eğer kader diye bir şey olmasaydı, insanlar her konuda kendilerini suçlardı ama şimdi herkes suçu kadere atabiliyor. Ben suçu kadere atmıyorum. Sadece ayrılık zamanımızın geldiğine inanıyorum. Annemi kaybettim ben, işte bunun ötesi yok bu hayatta.

İlkokula gittiğim günleri hatırladım annemi toprağa bırakırken. Elleriyle giydirirdi önlüğümü canım annem. Sonra yakalığımı takardı boynumu koklayarak. Bir bebek gibi severdi hep beni. Büyüdüm ve değişen ben oldum, annem hiç değişmedi. Sarıp sarmaladı hep beni. Üzerim açık mı diye kontrol etti geceleri ve bir bardak suyu eksik etmedi başımın ucundan hiçbir zaman. Bu hayatta herkesin bir annesi olmalı ve bu duyguyu yaşamalı. Ben çok şükür dünyanın en güzel meleğine sahiptim. Değerini bilmediğim anlar da oldu ama hep sevdim annemi.

Ruhum baştan sona annem Müberra Hanım'a aitti. Dedemden sonra gelen en acı kaybımdı işte. Annem de gitmişti. Belki de sadece bedenen yoktu artık. Yine beni koruyup kollayacaktı, üzerimi örtecekti.

Rüzgâr Demirsoy'dum ben. Annemin biricik oğluydum. Bu dünyada onun yarım kalan neyi varsa tamamlayacaktım. Kanatları hep üzerimde olacaktı annemin ve ben onu hep rüyalarıma çağıracaktım. Güzel meleğim, biricik annem.

Her gün annemi yazmaya karar verdim o gün. Annem bunu hak eden tek insandı. İçimden geçen ne varsa dökecektim ve annem beni duyacaktı, okuyacaktı.

Cenazenin ardından o eve girmeyi hiç istemedim. Keşke hiç girmeseydim, alıp başımı gitseydim. Bazen hayat, yeni hikâyeleri beraberinde getiriyordu. Annem de bana yeni bir hikâye hazırlamıştı.

On Üçüncü Bölüm

Hayat herkese aynı şekilde davranmaz ve
bazen büyümek için yıllara ihtiyacınız yoktur.
Yaşadıklarınız da sizi büyütebilir.

**Annesini ya da babasını kaybetmiş bir insan,
kaç yaşında olursa olsun sizden büyüktür...**

İnsan çok sevdiği birini kaybettikten sonra ya hayattan tamamen kopuyor ya da hayata çok daha sıkı sarılmayı seçiyor. Omuzlarımda hissettiğim büyük bir yükle dedemi ve annemi kaybettiğim evimize girdim. Eşyalardan başka bir şey yoktu evde ve ben artık yapayalnız bir adamdım. İnsanın bir sese muhtaç olduğunu anladım o an. Evdeki tek ses annemin kedisi Mayıs'ın sesiydi. O bile küsmüştü her şeye sanki. Annemin koltuğunun kenarında oturuyordu. Belki de annemin geleceğini sanıyordu.

O an içimdeki bütün sevgiyi bir kediye verdim. Mayıs'ı kucağıma alıp sevmeye başladım. Annemden kalan en önemli şey Mayıs'tı. Birbirimize iyi bakmalıydık. Aynı evde yaşamamıza rağmen Mayıs ile hiç ilgilenmezdim, varlığından haberim dahi olmazdı ama annem Mayıs'ı çok seviyordu. Ben de sırf annem seviyor diye arada onunla oyunlar oynuyordum. Şimdi baş başa kalmıştık işte. Koskoca bir evde Mayıs ve ben.

Odama geçip kutuyu dolabımdan çıkardım. Annemin bana bıraktığı her şeyi okuyacaktım. Yatağımın üzerine oturup en üstte duran mektubu elime aldım. Üzerinde *"Rüzgâr'a"* yazıyordu.

Eskimiş bir mektuptu, üzerinde yılların yorgunluğu ve kokusu vardı. Usulca açtım zarfı ve okumaya başladım:

Miniğime...

Hayatımda ilk defa bir şeyler yazarken zorlanıyorum küçük bey. Evet sen şu anda küçük bir adamsın benim için. Benim hayata tutunma sebebimsin. Eşimi ve oğlum Rüzgâr'ı geçirdiğimiz bir trafik kazasında kaybettim. O arabanın içinden sağ çıkmamayı o kadar çok istedim ki oğlum, ama olmadı işte. Kaderimizi biz seçemiyoruz. Her şey yolunda giderken böyle mutsuzlukla sonuçlanan bir hikâyem var benim. İki buçuk yaşında kaybettim oğlumu ve ardından kader seni çıkardı karşıma. Sen benim hayatımın Rüzgâr'ı oldun.

Bu mektubu ne zaman veririm sana bilmiyorum. Bu ve bunun gibi yazdığım nice mektup olacak eminim, ama sana verme cesaretini gösterebilecek miyim hiç bilmiyorum. Sen benim bu hayattaki tek varlığımsın, ben de senin için öyle olacağım. İnşallah birbirimize çok iyi bakarız oğlum. Sen çok küçüksün şu an, hep böyle kalsan keşke. Her ağladığında ben yanında olsam. Büyüyeceksin oğlum, ben seni o zaman da kendi evladım gibi seveceğim. Bir gün gerçek annen olmadığımı öğreneceksin, umarım o gün beni her şeye rağmen seversin.

Seni seven ve hep sevecek olan annen...

Müberra Demirsoy.

Nisan/1986

Bütün dünyam başıma yıkılmıştı.
Ben kimdim?

Hani bazen aklınızı kaçıracak gibi olursunuz ve yapacak bir şey yoktur... Tam da o hale gelmiştim. Müberra Hanım benim annem değildi yani. Peki benim annem kimdi? Bu nasıl bir hikâyeydi? Kutunun içindeki diğer mektuplara dokunmak bile istemedim. Korktum. Hiç girmeseydim keşke o eve. Olduğu gibi ateşe verseydim. Yeni bir hikâyeye gücüm yoktu. İçten içe tükenmiştim, sesim çıkmıyordu. Ben yıllarca kime sarılmıştım? Kime anne demiştim? Ah anne, bu şaka olmalı.

Günlerce o kutuya dokunmadım. Aklımda tek bir, "Ben kimdim?" sorusu vardı ve sorunun cevabı da o kutunun içinde gizliydi.

Her şeyi öğrenmeliydim. İnsan bu şekilde yaşayamazdı. Kutunun içindeki bütün mektupları ve yazıları teker teker okudum ve kaderimin nasıl yazıldığını gördüm.

Bir kadının "melek" olması için kanatlara ihtiyacı yoktur, anne olması her şeye yeter...

Hayatımın çizgileri oluşmaya başladığında, her şeyden habersiz anneme sarılıyormuşum. Karar verilmiş artık, hayat beni bekliyormuş. Tabii ki annem ve babam da... Günler günleri kovalarken annem ve babamın heyecanı artıyormuş. Küçük evimize henüz ben doğmadan bir huzur yerleşmiş.

Annem minik minik patikler, hırkalar, tulumlar hazırlamış benim için. Evin bir odasını tamamen benim eşyalarım ile doldurmuş. Babam da boş durmuyormuş, her akşam eve gelirken elinde illa bir oyuncak oluyormuş. Henüz doğmadan çok fazla şeye sahip olmuşum.

Bahar ayları geldiğinde artık annemin karnı iyice burnuna gelmiş. Bir mart günü sabah saatlerinde annemin sancıları artmış. Normal doğum zamanına daha birkaç hafta varmış oysa... Babam alelacele bir taksi bulup annemi hastaneye yetiştirmiş.

Doktor Müberra Hanım, annemin dayanılmaz sancılarını görünce hemen ameliyathaneye almış. Çok zor bir doğumun ardından on yedi Mart 1984 günü saat on bir buçukta dünyaya merhaba demişim.

Hayatta hiçbir şeyin mutlu devam edeceğinin garantisi olmadığını, o gün hayat minik bedenime fısıldamış. Hastane saatlerine göre saat on üç otuzda Melek annemi kaybetmişim. Müberra Hanım'ın tüm uyarılarına rağmen, "Ben bu çocuğu istiyorum" diyen Melek annem hayata gözlerini yummuş. Bana sadece bir kere sarılabilmiş, bir kere koklayabilmiş. Bir kere "Canım oğlum" diyebilmiş.

Hayat o gün bana kazanmanın bazen kaybetmek olabileceğini öğretmiş. Kaybetmeyi doğarken öğrenen bir çocuğun, büyüyünce yara alma ihtimali azalıyor. En azından yaralarını saracak kadar deneyimli oluyor. Annemin olmayışından kaynaklanıyordur belki de bu umursamaz halim, dünyaya ve yaşama olan uzaklığım. Suçlanmamış olsaydım bir kadını öldürmekle babamın gözünde, belki de şimdi çok başka bir hayatım olurdu. Her zaman hayatın bana çizdiği yolda aradım huzuru, çünkü o yoldan gitmezsem hep o gitmediğim yolu arayacağımı düşündüm.

Annemin ardından babam da terk etmiş beni. Büyük bir umutla beklediği yavrusuna bir kere dahi sarılmadan hem de... Annemin ölümünün suçlusu olarak görmüş hep beni. Ki ben meleğimi her şeyden çok seven bir adamım. Bunu o zamanlar anlamamış babam. Kızmıyorum, insanın çok sevdiği birini kaybetmesi zordur. Doktor Müberra Hanım'ın yazdıklarına göre, babam annemin ölümü ile akıl sağlığını yitirmiş. O sebeple beni görmek dahi istememiş.

Belki de babam yüzünden insanlardan kaçan bir adam olmuşumdur. Beni bırakıp gitmeseydi, şimdi bambaşka bir hayat hikâyem olacaktı. Öyle ki, Yağmur'u dahi tanımayacaktım. Müberra Hanım hiç annem olmayacaktı.

İnsanın hayatı bazen kendisinden çok başkalarına bağlı oluyor. Babamın o kadar da kötü biri olmadığını düşünüyorum. Hayatta yapılan her şeyin mutlaka bir nedeni vardır. O an şartlar onu gerektirdiği için öyle yapılmıştır belki de... Kendimizi o durumun, o şartların içine dahil edemeyiz, çünkü yaşanmış ve bitmiştir. Sadece haklı ya da haksız yorumlarda bulunuruz ama "an" denen şey başka bir şeydir ve sadece o anı yaşayan bilir.

Kutuyu biraz karıştırdıktan sonra, üzerinde "Doktor Müberra Hanım'a" yazılmış olan bir zarf buldum. İşte bu babamın mektubuydu.

Müberra Hanım,

Hayatımdaki en değerli varlığımı, en çok istediğim varlığa kavuşurken kaybettim. Kendimi iyi hissetmiyorum ve oğlumu iyi yetiştirebileceğime inanmıyorum. Sizden bunu nasıl isteyeceğimi bilmiyorum ama lütfen ona iyi bakın.

Elbette ki bakmak ya da bakmamak tamamen size kalmış ama eğer ona bakarsanız çok mutlu olurum. Sizi hiç tanımazken böyle bir şey istemem muhakkak ki hiç doğru bir davranış değil. Bu yaptığım beni de rahatsız ediyor ama bunu yapmak zorundayım. Dün gece bu mektubu yazıp yazmamak konusunda çok düşündüm. Bir an uyuyakalmışım, eşim Melek onu size emanet etmemi istedi. O size emanet. Ben bugün meleğimi toprağın altına koyarken diğer meleğimi sizin kollarınıza bırakıyorum.

Bir gün eğer kendimi iyi hissedersem, eğer oğlumun yüzüne bakacak cesaretim olursa yanınıza geleceğim. Ben gelsem bile o hep sizin oğlunuz olarak kalacak. Oğlum önce Rabbime sonra size emanet.

Hoşça kalın.

Babam benden yıllar önce vazgeçmişti. Şimdi nasıl bulacaktım ki onu... Keşke burada olsaydın baba. Keşke burada olsaydın anne. Keşke bir ömür saçımı okşasaydınız. Belki o zaman daha çok severdim bu dünyayı, belki o zaman kendimi ait hissedebilirdim buralara...

Allah'ım, bence her çocuk annesine sarılmayı, annesini bir kere de olsa öpmeyi hak eder. Yine de "Neden ben?" demiyorum.

Müberra Hanım'ın bana bıraktığı notları okudukça, hayattan uzaklaşıyordum. Bu zamana kadar yaşadığım her şeyin bir oyun ve kandırılış olduğuna inanmaya başlamıştım.

Dünya aynı dünya, bildiğin gibi dönüyor işte...

Ben bugün hiç bilmediğim yollarda hiç bilmediğim insanları aramaya koyulduysam, bunda herkesin bir parça payı var. Yalnızlığım çocukluktan kalma bir alışkanlıktı sadece, ama bu alışkanlığı devam ettirenler ben değil sizler oldunuz. Bugün hiç bilmediğim kapıları açıyorum. Belki de Müberra Hanım'dan önce ölmüş olsaydım, bunları hiç yaşamayacaktım.

İlk defa titriyorum. Hayatım boyunca titremedim ben, bunu tam da şimdi fark ediyorum. Ben sadece biraz üşümüştüm, bu titreme o üşümeleri yerle bir eder. Hayatıma belki de gerçek hikâyeme yaklaşırken attığım her adımda kendimden biraz daha uzaklaşıyorum. Okuduğum kitaplar geliyor aklıma ve anlık olsa da her şeyin aslında bir hikâyeden ibaret olduğunu düşünüyorum. Titriyorum, üşümek şu an hissettiğim şeyin yanında bir temmuz sıcağı sayılır.

Gözlerim boğulmak üzere, biraz ağlamaklıyım. Soruyorum mezarlıktaki görevliye fısıldarcasına: "Melek Mavi'nin mezarını arıyorum..." O an istiyorum ki, "Böyle bir mezar yok mezarlığımızda." desinler. O an dünyadaki her şeyden çok bunu istiyorum.

İstiyorum ki, "Melek Mavi ölmedi, sen deli misin be adam!" desinler. Kovsunlar beni o mezarlıktan. Ölmemiş olsun annem. Sanki her şey bir rüyaymış gibi uyanayım ve başucumda annem olsun istiyorum. Görevli diyor ki: "1984 yılına ait bir kayıt var. Mezarlar yukarı tarafta kalıyor, biraz yukarı çıkarsanız sağ tarafta birkaç mezar var, onlardan biri olabilir."

Yürüyorum. Onlardan biri olabilir. Ne zor şey bir anneyi iki defa kaybetmek. Korkuyorum ve korktuğumu söyleyebileceğim bir Allah'ın kulu yok etrafımda. Korkuyorum. Kahretsin, ben hiç böylesine korkmamıştım.

Ağaçların arasından ilerliyorum. Tek ümidim o mezarı görmemek. Her geçtiğim mezara bakıyorum. Çok mezar kalmadı, belki de annem ölmemiştir, diyorum içimden ki tam o sırada silinmiş bir isim görüyorum mezar taşında:

Melek Mavi (14 Temmuz 1942 - 17 Mart 1984)

Anneme dair gördüğüm ilk şey bu mezar taşı. Yıllar sonra sarılıyorum anneme. Mezar taşı soğuk olur, titretir evladı. Zaten hangi yürek dayanır ki bir annenin yokluğuna. Üşüyorum anne. Ölüm tarihine baktıkça daha çok üşüyorum. Bir adam en sevdiği kadını öldürebilir miydi? Affet beni anne. Ben sana bir defa sarılmak için dünyadaki her şeyi feda edebilirdim. Affet beni anne.

Hayat herkese aynı şekilde davranmıyordu. İnsanlar annelerini tek bir kez bile kaybetmeye dayanamazken, ben bu acıyı iki kere yaşamıştım. Sıkışıyordum dünyaya, hiçbir yerde huzur bulamıyordum. Hayatımda ne varsa vazgeçmiştim ama güçlü olmayı da o kadar çok istiyordum ki... Her şeyi bir kenara bırakıp yaşamak istedim. Sadece yaşamak.

On Dördüncü Bölüm

İnsan kendine vakit ayırmalıydı ve
bazen alıp başını gitmeliydi.
Her şeyi arkada bırakmak kolay değil ama
her şeyle beraber yaşamak da akıl alır iş değildi.

Olmayacak rüzgârlarla büyüdüm
ve hiç haberim olmadı...

Annemin ölümünün ardından tam otuz altı gün geç-
mişti. İçimde bitmeyen, içimden gitmeyen bir üzüntü oluş-
muştu benliğimde. Acı değildi bu, çok başka bir şeydi. Üst
üste öğrendiklerim yaşanılacak şeyler değildi. Eski Rüzgâr
gitmişti artık. Müberra Hanım'la beraber Rüzgâr Demirsoy
da ölmüştü. Hayatımdaki her şey ne kadar da iyi gidiyor-
muş... Ne kadar sorunsuz bir hayatım varmış... Müberra
Hanım ölmeden bunları anlayamadım. Yaşadıklarımın de-
ğerini bilemedim.

Son yaşadıklarımdan sonra Yağmur'dan da vazgeçmiş-
tim. Elimden geleni yaptığım halde bir türlü yanımda ol-
muyordu. İyice yalnız kalmıştım. Dedemin sözleri çınlı-
yordu kulaklarımda, bir de Müberra Hanım'ın bana olan
sevgisi üzerime kuşanmıştı sanki. Gecem gündüzüm belli
değildi. Olur olmaz saatlerde evden çıkıyordum, olur ol-
maz saatlerde olmayacak yerlerde kendimi arıyordum. Tü-
keniyordum ve kimsem yoktu. Hayat benden her şeyimi
almıştı. Bitiyordum ama yenilmek bana yakışmazdı, onu
da biliyordum.

Yağmur'un keyfi yerindeydi. Berker ile olan ilişkisi devam ediyordu. Artık uzaktan onları izlemiyordum. Umurumda değildi hiçbir şey. Ne olacaksa olsun diyordum. Yine bir akşam evde çok bunaldığım için kendimi dışarı attım. Bahçe kapısından çıktığımda, Berker arabasının ön kapısına kolunu dayamış halde bekliyordu. Görmezlikten gelerek yoluma devam ettim ama o susmadı:

- Selam vermek yok mu Sayın Demirsoy?

Yoluma devam ettim ama arkamdan seslendi:

- Rüzgârcığım, üzme kendini her şey geçer. Bu hayatta bazı adamlar sevilir bazılarıysa senin gibi sadece sever.

Dayak yeme konusunda ısrarcıydı. Bu sefer duydum onu ve yanına gittim. O sırada Yağmur da hazırlanıp aşağı inmişti. Tutmadım kendimi, artık hiçbir şeyi içime atmayacaktım.

- Ne diyorsun lan sen!
- Kabalaşmaya gerek yok Rüzgârcığım...

Bu saygısız tavırların üzerine bir de Yağmur beni suçlamaz mı! Deliye dönmüştüm...

- Rüzgâr, gider misin buradan. Can sıkıntını bizden çıkarmaya çalışma...
- Giderim tabii.

Hayatımın en güzel yumruğunu attım o gece... Ardından bir yumruk daha, sonra bir yumruk daha... Beyaz gömleğini kırmızıyla süslemiştim Berker'in. Yılların acısıydı belki de bu olanlar. Yıllardır yapmadığım şeyi yapmıştım. Bu acı Müberra Hanım'ındı, Dedem Yusuf Demirsoy'undu. Annem Melek Hanım'ın, babam İhsan Bey'in acısıydı. Dolmuştum artık ve Berker her şeyin tuzu biberi olmuştu.

Yağmur ağlıyordu. Berker'in ayağa kalkacak hali yoktu. Küçük adımlar atarak ayrıldım oradan. Tek isteğim Berker'in kalkıp bana yumruk atmasıydı. Atamadı. Belki bir dayak beni kendime getirirdi ama olmadı. Yürüdüm. Dünyanın en mutlu adamı olmuştum işte o an.

Oysa birini döverek mutlu olacak bir adam değildim ben. Bu yaşanılanlar hiç bana göre değildi ama bilirsiniz bazen damarınıza basarlar. Damarıma basmıştı Berker ve bunun bedelini yediği dayakla ödemişti. Yağmur ise yine bir bedel ödemiyordu ve sadece beni kırdığıyla kalıyordu. "Can sıkıntını bizden çıkarma" demişti. Rüzgâr'ı iyi tanırdı o, ama bütün bu yaşanılanları can sıkıntısı olarak görmesi beni üzmüştü.

O gün İstanbul'dan ayrılmayı kafama koydum.

Eğer birinden vazgeçmek istiyorsanız bunun için sakın uğraşmayın. Çünkü vazgeçme sadece anlık bir olaydır. İşte benim içimde yaşadığım bütün duygular, Berker'in yüzüne indirdiğim darbelerde yok oldu. O yumruklar aslında Yağmur'dan vazgeçişimin, bu aşkın bitişinin darbeleriydi.

İçinizdeki aşk ne kadar büyük olursa olsun, bir kere soğuduktan sonra kalbiniz, geri dönüşü mümkün olmuyor. Yağmur artık benim kalbimde yoktu. Onun sıcaklığı çoktan silinmişti. Biten bir aşkın arkasından bakmak bana yakışmazdı. Artık yapılması gerekeni yapacaktım.

Şimdi bu şehri terk ediyorsam sebebi asla Yağmur değil. Olmayan bir aşkı bırakıp gidiyorum ben. Sadece kendimi aramaya, sadece kendimi bulmaya gidiyorum.

Ben İnanmıştım Sana

Yalnız şunu iyi biliyorum ki, ben bu hayatta birileri tarafından şuursuzca sevilmeyi hiç hak etmiyorum. Buna karar vereli çok zaman olmadı. Sana anlatamadığım, beni anlamadığın ne varsa yazdım. Bu benimki bir çaresizlik değil. Bir yalnızlık da sayılmaz. Bu benimki mutsuzluk, evet sadece dokuz harften oluşan ve tüm hayatımı ellerimden alan bir kelime: Mutsuzluk.

Kimi sevdiysem olmadı, ya sevmek bana yakışmadı ya sevilmek sevdiklerime fazla geldi. Ben mi fazlaydım sana yoksa sen mi hiç yakışmadın bana bilmiyorum. Biten şeylerin ardından belki de en saçma olan bunları düşünmek.

Neden ben, diye sormadım hiçbir zaman ve neden seni sevdim diye hiç suçlamadım kendimi. Tek merak ettiğim, neden yaşarken öldürdün ki benim için kendini?

Birinin gelişini beklediğinden ve oyalandığın bir durak olduğumdan hiç haberim olmadı. Sen de haklısın, seven bir adamı kandırmak kolaydır. Çok güzel kandırdın beni. Belki eskiden kalma acılarıma biraz acı kattın, belki ben her gece yatağımda senle yatarken sen aklına fikrine başka aşkları taktın, yanımdayken bile düşüncelerinde beni başka bir adamla aldattın.

İnsan sevildiğinden emin olamıyormuş. Dünyadaki üçüncü meleğim olmanı çok istedim. Bunun için çıktın belki de karşıma ama bunu sen bile bilemedin. Şimdi yanında olduğun kişiyle ne kadar mutlusun bilmiyorum ama ben beddua etmeyi sevmem. Ne halin varsa gör de demem. Ben susarım. Bu evrende sesimizi duyanlar var elbette. Ben susarım, eğer vermen gereken bir hesap varsa O'na verirsin.

Ben susarım, ben bir ölü gibi susarım, ne kötü bir laf duyarsın benden ne hakkında konuşurum. Sen benim yanımdayken beni seviyormuş gibi yaparken bile o kadar güzeldin ki, ben o güzel günlerin hatırına susarım.

Canımı yakmış olmanı inan umursamıyorum. Ben sana, bir adamın bir kadını en fazla ne kadar sevebileceğini gösterdim. Bazı bünyeler sevilmeye alışkın değildir, derdi dedem. Bu sevgi sana fazla gelmiş olabilir. Bu sevgi o kadar fazla gelmiş olabilir ki, yetinmeyi unutmuş olabilirsin. Yetmediğini sanmış olabilirsin. İnan ki dönmeni istemiyorum. Ben bir başıma sanki daha mutluyum. Seni uzaktan seven halim de artık kalmamış.

Yalnız olduğumdan haberin vardır belki. Senden sonra yalnız kalmak için söz verdim kendime. Artık herkesi uzaktan seveceğim. Yakın olmak benlik bir durum değilmiş. Bu kadar karamsar olmaya da gerek yok sanki. Seni suçlamak istemem ama belki de yanlış insana denk geldim. Neden gittin diye sormayacağım. Usundan geçenleri bilmek dahi istemiyorum. Kalbinden geçenlerin az çok farkındayım ve oralarda bir yerimin olmadığına eminim.

Aklıma tek takılan şey… Senin beni bir zamanlar sevdiğine ikna olduğum tek şey, yazdığın mektuplardan birinde geçen bir cümleydi.

Demiştin ki...

"Seni dün gece sabaha kadar düşündüm. Bütün gece bir adamı düşünmek bir kadının yapacağı en son iştir. Yemedim, içmedim, uyumadım seni düşündüm."

Ben inanmıştım sana.

Şimdi sen de şu son cümleyi düşün. Bir insanı bu cümleyi kuracak kadar kırdın sen.

"Ben inanmıştım sana."

Hayat garip bir yer...

"Efendim anneciğim" demeyeli uzun zaman oldu. Elbette üzerinden uzun zaman geçen başka şeyler de var. Uzun zamandır evden çıkarken anneme, "Bugün hava nasıl?" diye soramıyorum. Oysa çok severdim ben onun hava durumu tahminlerini. Şimdi o yok, ben yapayalnız bir adamım. Uzun uzun cümleler var ondan bana kalan. Yüreğimin köşesinden kopan bir de aşk var ama o aşka devam ettiğimi hiç düşünmüyorum.

Her şeyden soğuyorum yine. Bir başına kalmak böyle bir şey. İnsan bu hayatta ne kadar yalnız bırakılabilir ki? Kendimden habersiz yaşıyorum. Bana eşlik eden birkaç şarkı var, hepsi bu. Onlar dışında o kadar kendimden bağımsız bir adam oldum ki, artık kendimle yeniden tanışmaya ihtiyacım var. Bunun ne demek olduğunu ben bile anlayamıyorum.

Çok büyük hayallerim olmadı benim. Elimi bırakmayacak bir kadın istedim. O kadının sıfatının bir önemi yoktu ama ben sanırım içten içe bir sıfat yükledim. Hayatımın sonuna kadar eşlik edecek birini bekledim. Bazen olmuyor işte. Olmayacağını kabul etmek istemedim.

Şimdilerde her şeyi kabul edecek kadar mutsuzluğa inandırılmış bir yapım var. Biri çıksa karşıma ve "Bu hikâye senin değil, aslında senin çok mutlu bir hikâyen var, kalk gidiyoruz. Yaşaman gerekenleri yaşa artık." dese, yerimden kalkıp tek bir adım bile atmam. Bu hayatı sevabıyla günahıyla yaşadım ve yaptığım hiçbir şeyden pişman değilim, diyecek kadar yüzsüz bir adam olmadım asla. Beni öyle biri olarak yetiştirmediler. Bu hayatta "pişmanlık"larımın, "keşke"lerim ve "iyi ki"lerimin olacağını dedem yıllar öncesinden söylemişti. Ben keşkeleri elimden geldiği kadar aza indirdim. Zaten benim hiç keşkem yok, diyen insan yalan söyler.

Ben ne hale düştüm diye yakınmıyorum. Büyük bir servetim var. Hiçbir şeye yaramayan bir adam olsam çok işe yarayabilir belki, ama paradan oldum olası nefret ettim. Sevemedim ben o kirli şeyi. Dedemin çok zengin arkadaşları vardı. Zenginlikleri ülke sınırlarını aşıyordu o adamların. Bir seferinde, bir sohbetlerine şahit olmuştum.

"Yusuf, o kadar servetim var, her şeyim var ama yastığa başını koyduğu anda uyuyan insana imreniyorum. Ben uyuyamıyorum, hayat benden uykumu çalıyor, sanırım ödediği para bunun karşılığı.

"Haklısın Fikret. Biz uyuyamayız... Düşünmekten uyuyamayız, korkudan uyuyamayız, kaybetmekten dertlenir yine uyuyamayız..."

Ben de uyuyamıyorum. Bu yaşadıklarımın bir bedeli belki de... Oysa yatağa başımı koyduğum anda uyumak için neler vermezdim. Nedir bu böyle bilmiyorum. Kimsesizlik mi yoksa? Buna inanmak bile istemiyorum.

Hayat garip bir yer.

Hayatınıza biri giriyor, bir zaman elinizi tutuyor ve sonra gidiyor.

Belki de gittiğini sanıyor.

İnsan bazen vedalaşamaz, uzanır da saramaz.

Sadece bitti işte, hepsi bu.

Sen bittin, ben bittim, biz bittik.

On Beşinci Bölüm

Hayat uzun gibi görünen kısa bir yolculuk ve mesafeler
hep var. Yaklaşmak için adım atmamız lazım ve
sandığımız kadar çok vaktimiz yok.

Her aşk son bir sarılmayı hak eder...

Hayatta başı olan her şeyin bir sonu olacaktı ve artık tüm sonlara alışmıştım. Tek başıma olmak kendimi daha iyi hissettirmeye başlamıştı. Annemin kedisi Mayıs'ı da alarak Bozcaada'ya yerleştim. Bu benim için çok kolay bir süreç olmuştu. Tüm şirket işlerini uzaktan da olsa yönetebiliyordum ama Rüzgâr Demirsoy artık sadece kâğıtlar üzerinde imzası bulunan bir isimdi. Ben Mecaz Adam olmuştum. Bu dünyaya içimden geleni haykırıyordum ve kimsenin tanımadığı bir adam olduğumdan korkusuzca yazabiliyordum.

İnsanlar yargılamayı ve eleştirmeyi severler. Ben yaşantımı çok daha sıradan ve kolay devam ettirmek istiyordum. Bu yüzden yazdıklarımı paylaşırken Mecaz Adam mahlasının arkasına saklanıyordum. Okurlarım neden ortaya çıkmadığımı hep merak ettiler. Onlara her şeyin bir zamanı olduğunu söylüyordum ve hiçbir zaman gerçek acılarımdan bahsetmiyordum. İnsanlarla konuşmak iyi geliyordu ve bunu çok sık tekrarlıyordum. Hayali bir kahramandım herkes için ve onun için...

Bozcaada'ya yerleşmemin ikinci senesinde, Yağmur bir mesajıyla hayatıma tekrar girmişti. Girdiği hayat,

Rüzgâr'ın hayatı değildi. O sadece Mecaz Adam ile konuşmak ve tanışmak istiyordu. Attığı mesajla birlikte, tüm hayatımı âdeta tekrardan yaşamıştım. Bana ikimizi anlatmıştı. Oysa ben ikimizi ondan dinlemek için yıllarca beklemiştim ama olmamıştı bir türlü. Yağmur o gün bana ikimizi anlatmıştı.

"Merhaba, adını bilmediğim ama beni bana anlatan adam" diyerek başlamıştı mesaja ve devamında bana Rüzgâr Demirsoy'u anlatmıştı.

Bu mesajı okuyup okumayacağın hakkında en ufak bir fikrim yok. Muhtemelen sana gelen yüzlerce mesajın arasında kaybolup gidecek ama yine de sana bunları yazmalıyım. Komik gelecek ama cümlelerin o kadar tanıdık ve sıcak ki, bana her cümlende onu hatırlatıyorsun.

Ben mutsuz biriyim. Bunun birçok nedeni var. Beni çok seven bir adamı yıllar boyunca beş para etmeyecek bir adam yüzünden kırdım. Sonra o adam gitti ve bir daha haber alamadım. Evlerimiz yan yanaydı. Penceresinin ışıklarını kontrol ettim her gece, belki gelir ümidiyle. Gelmedi o adam. Ben o adamı sevmişim ama bunu o kadar geç fark ettim ki, sevgim artık hiçbir şeye yaramaz...

Bunları neden anlattığımı düşüneceksin şimdi. Bana ne de diyebilirsin ama beni tanımayan birine bunları anlatmalıyım, çünkü yanımdaki hiç kimseye güvenemiyorum artık. Sen beni tanımıyorsun ne de olsa. Bana bir zararın dokunmaz. Bildiklerin hiçbir şeye yaramaz. O yüzden anlatabilirim.

Rüzgâr adında bir çocuk vardı benim hayatımda. Çocuk dediğime bakma, tanıdım en iyi adamdır kendisi ama ruhu çocuktur. Çok başkadır. Sevmeyi bilir bir kere, sarılmayı da... Ona birkaç kere sarıldım ve bu sarılmaların hepsi cenaze merasimleriydi. Rüzgâr her şeyini kaybetti, ben ona o durumda bile çok acımasız davrandım. Hiç gitmez sanıyordum biliyor musun? Bir gün beni çok seven o adam çekti gitti. Haber alamıyorum artık ondan. O gittikten sonra tek bir dostum dahi olmadığını fark ettim. Bu hayattaki en önemli şey insanın sırtını dayayabileceği bir dostu olmasıymış. Ben o adamı kaybettim işte. Şımarık bir kız çocuğu gibi davrandım hep ve onu durmaksızın kırdım. İnanır mısın, bana tek bir kötü söz söylemedi.

Çok uzattım biliyorum. Senden tek bir isteğim olacak. Okuyucularına söyler misin, seven adamları kırmasınlar.

Umarım mesajımı okursun, bu arada ben İstanbul'dayım, yolun düşerse bir kahve içmeye beklerim Mecaz Adam. Son olarak biz o adamla kâğıtlara bir şeyler yazarak uçan balonların iplerine bağlayıp gökyüzüne göndermiştik. Sence o yazdıklarım bir gün ona ulaşır mı?

Kendine iyi bak...

Bir kadın böylesine sevilmeye kaç kere geç kalır ki?

Yağmur'un attığı bu mesaj beni içten içe üzmüştü. Değeri bilinmeyen aptal bir adamdım işte ben. Yağmur ise sevilmeyi hak etmeyen bir kadın. Bir cevap vermeliydim ve o balona bağladığımız kâğıda ne yazdığını öğrenmeliydim.

Merhaba Yağmur,

Hayat herkese bir hikâye sunar ve herkes kendi hikâyesini yaşar. Olanlardan ve yaşananlardan kendini sorumlu tutma. Öyle olması gerekiyormuş demek ki... Gökyüzüne gönderdiğin o kâğıda ne yazmıştın?

Çok geçmeden cevap gelmişti Yağmur'dan:

O gün elime tutuşturmuştu kâğıdı ve bir şeyler yazmamı istemişti. Ben de "Çocuk ruhumu her an besleyen ve yanımdan ayrılmasını hiç istemediğim adamın yanındayım. O hep yanımda olsun, çünkü ben o bana küsünce çok eksik hissediyorum..." yazmıştım ama olmadı işte. Bu arada kahve teklifim hâlâ geçerli. Belki sizin de biriyle konuşmaya ihtiyacınız vardır.

Her aşk son bir sarılmayı hak eder...

O an İstanbul'a gitmeye karar verdim ve Yağmur'a mesaj atarak bir kahve içebileceğimizi söyledim. Ertesi gün için her şeyi ayarlamıştım. Karşısına çıkabilecek gücü ve cesareti kendimde bulabiliyordum. Peki o beni gördüğünde neler olacaktı? İşte en çok bunu merak ediyordum. İstanbul'a gittiğimde kendi evimde kalmadım. Sahip olduğum ve Yağmur'un bilmediği evlerden birine yerleştim birkaç haftalığına... Bu süreçte sürekli mesajlaştık ama Yağmur'un tüm ısrarlarına rağmen hiç telefonda konuşmadık.

Attığı mesajlarda Berker'in onu defalarca aldattığından bahsetti. Eğer Rüzgâr hayatında olsa ona asla böyle şeyler yaşatmazmış. Her mesajında bana ikimizi anlatıyordu. Bu beni içten içe öyle mutlu ediyordu ki, tarif edemem. Uzayan günlerin ardından artık Yağmur'un karşısına çıkmaya hazırdım. Gülhane Parkı'nın orada boğazı gören bir çay bahçesi olduğunu ve orayı çok merak ettiğimi söyledim ona. Orayı bildiğini ancak ona birini hatırlattığı için orada görüşmek istemediğini söyledi. Bu bile beni mutlu etmişti ama onu orada görüşmeye zor da olsa ikna ettim.

İçimde bir şarkı büyüyordu. Yeni Türkü, *Aşk Yeniden* diyordu. Aşk'a gidiyordum, kalbimi hem kıran hem onaran kadına dönüyordum.

On Altıncı Bölüm

İnsan, kalbine ikinci bir şansı her zaman vermeli,
çünkü aşk size geliyorsa siz hiçbir yere gidemezsiniz.

İnsan bir kere âşık olmasın...

O gün büyük gündü işte. Yağmur Hanım'la iki yılın ardından bir kez daha göz göze gelecektik. İçimde hem bir korku hem de bir cesaret vardı. Bu sefer Yağmur'un peşinden koşan adam ben değildim. O istemişti bu görüşmeyi ve karşısına çıkacak olan adamın Rüzgâr olacağından haberi yoktu. Acaba ne yapacaktı beni görünce? Neler hissedecekti? Mecaz Adam karakterine bir şeyler anlatıp gitmek mi istiyordu yoksa o adamla orada kalacak mıydı? Rüzgâr olarak gitmiyordum o görüşmeye, ben Yağmur için adını bilmediği ama yazılarıyla onu sarıp sarmalayan, yaralarını saran bir adamdım. Yağmur zaten hep kaçacak bir yer aramıştır bu hayatta ve sanırım bu seferki limanı Mecaz Adam olmuştu.

Geçmişten eser kalmamıştı bende. Deli gibi âşık değildim artık Yağmur'a, çünkü aldığım yaralar fazla gelmişti onuruma. Yol boyunca neler olacağını düşündüm. Nasıl bir tepki vereceğini merak ederek sürdüm arabayı ve aklımdan, yaşadığımız anlar geçti onun yanına varana kadar.

Bir adam bir kadını en fazla ne kadar sevebilirdi?

İşte bu sorunun yanıtı bendim. Benden daha fazla sevemezdi. Benim gibi sevemezdi. Her şeyinden vazgeçerek bütün hayatını o kadının mutluluğuna adayacak kadar sevemezdi. Ben sevdim. Her seferinde kendimden geçtim Yağmur'da kaldım. Oysa insan kendinden geçtiğinde kimseye uğrayamaz. Ben ne yana dönsem onu seviyordum ve hâlâ onu severken bu görüşmeden korkuyordum. Bir yanım "gitme" diyordu her şey burada kalsın, bir yanımsa son bir kez "sarıl" diyordu.

Sarılmak iki insanı birleştiren en büyük his bence. Sarılmanın ötesinde bir yolculuk bilmiyorum. Gözlerine uzun uzun bakmayı da severdim ben Yağmur'un ama en çok kokusunu severdim. Siz hiç, bir insanın kokusunu sevdiniz mi? Ben sevdim. Birinin kokusuna alışırsanız, kendi kokunuzu bile unutursunuz, çünkü aşk bunu gerektirir.

Yol bitiyordu ama yaklaştıkça vazgeçiyordum onu görmekten. Bir kere baksa yine onun olurdum ben. Korkuyordum işte. "Bir adama korkmak da yakışır" derdi dedem. İşte o korku bu. "Bir kadının gözlerine baktığında orada kalmaktan korkuyorsan sen gerçek bir adam, gerçek bir âşık olmuşsundur." derdi dedem. Ben tam da bundan korkuyordum. Yılların ardından ona yaklaşacaktım. Aramızda mesafe olmayacaktı.

Bana ikimizi anlatan kadına gidiyordum. Onun hikâyesinin kahramanı bendim. Benim hikâyemin adı ise hiç değişmedi. Hep içime yağdı yağmuru...

Yağmur'dan ardı arkası kesilmeyen mesajlar geliyordu.

Biraz gecikmiştim ama sorun değil, ben onu çok bekle-
miştim o da beni bekleyebilirdi. Yanına ulaştığımda bo-
ğaza dönük şekilde oturmuş kendine de bir çay söylemişti.
Saçları omuzlarına dökülüyordu ve ona çok yakışan siyah
bir kot, üzerine de mor bir tişört giymişti. İnce parmakları
çay bardağının üzerinde öylece duruyordu. Elleri hâlâ çok
güzeldi. En sevdiğim bordo ojelerini sürmüştü. Yine dalıp
gitmiştim ve sanki uçsuz bucaksız bir denizi izliyor gibiy-
dim. Orada kaç dakika bekledim bilmiyorum. Bu kadına
bakarken gerçekten onu çok özlediğimi hissettim. Onu se-
viyordum ve ne kadar uğraşsam da bitiremiyor, içimden
atamıyordum.

Derin bir nefes aldım ve güçlü adımlarla yanına yaklaş-
maya başladım. Ona birkaç adım kalmıştı ki ani bir kararla
geriye döndüm. Bu şekilde karşısına çıkmak istemiyordum.
Tekrar ona ait olmayı istemiyordum. Her aşk son bir gö-
rüşmeyi hak etse bile, benim o son görüşmeye verecek bir
benliğim yoktu. Sanki hiç İstanbul'a dönmemiş gibi ardı-
ma bakmadan kaçtım oradan. Onu bu kadar görmek, iyi
olduğunu anlamak bile yetmişti bana.

O gün saatlerce yürüdüm. Her seferinde Yağmur'a ina-
nan bu adam akıllanmıştı. Artık aşk kötü bir şeydi benim
için, Yağmur ise bir yabancı. Bir delilik gerekiyordu ve ben
o deliliği göze alamıyordum. Yeniden kırılmaktan korku-
yordum. Bir insan kaç defa kırılır ki? Kaç parçaya bölünür?
Benim ne kırılacak halim kalmıştı ne de bir parça daha
eksilebilirdim kendimden...

O gün mesajları durmadı Yağmur'un. Çok kızmıştı bana
ama benim ona cevap verecek gücüm yoktu. Yürüdüğüm
tüm yolu geri dönüp arabama bindim ve evime gittim.

Yağmur Hanım'a adamakıllı bir açıklama yapmam gerekiyordu. Onun konuştuğu adam Rüzgâr değildi ve Mecaz Adam'ın onu davet edip gelmemesi için hiçbir neden yoktu.

Eve geldiğimde saat gece on bir olmuştu. Bilgisayarımı açıp mesajlara bakmaya başladım Yağmur'a bir mesaj atacaktım ki, ondan gelen mesajı gördüm.

'Sana İnanmıştım...' yazıyordu başlığında...

Uzun uzun şeyler yazmayacağım ama sana kendimi anlatmak istiyorum. Neden böyle bir şey yaptığına anlam veremiyorum, vermek de istemiyorum. Ortaya çıkmak istemediğini biliyorum ama inan ki benden sana zarar gelmezdi. Ben sana sadece bir adamı anlatacaktım. Beni hayatındaki her şeyden çok seven bir adamı anlatacaktım sana... Rüzgâr'ı...

Bu mesajı hiç okumayabilirsin ama yine de yazmak istiyorum. Seni çok sıkmak da istemem. Rüzgâr benim çocukluk arkadaşım ama ben onun çocukluk aşkıyım. Bunu bilmeme rağmen ona bir türlü hak ettiği değeri veremedim. Yıllarca benim için bir şeyler yaptı ama ben o yıllarda gerçek sevginin ne olduğunu hiç anlamamışım. Hayatımda gördüğüm en mert adamdır Rüzgâr. Her kadının sahip olmak isteyeceği bir adam. İşte o adam var ya, sadece beni istedi. Ben ise onun değerini hiç bilmedim.

İki yıldır aklımdan çıkmıyor. Gidişi benim bitişim oldu. Eğer bugün gelseydin, ben sana o adamı anlatacaktım. Hayatımdaki her şey onun gidişiyle birlikte altüst oldu. Meğer ben sıkıntılarımın üstesinden hep Rüzgâr sayesinde geliyormuşum, meğer Rüzgâr benim hayatımın bir parçasıymış hiç anlayamamışım. Babam iflasın eşiğine geldi ve ailemi bir arada tutmak için çok uğraştım. Yalnız kaldığımda, Rüzgâr olsaydı şimdi bir şekilde beni güldürürdü, dedim hep. Dinlemeliydin beni. Belki beraber bir çıkış yolu bulurduk. Belki de Rüzgâr'a giderdi o yol. Olmadı işte, sen de gelmedin. Berker de aslında hiç yokmuş benim hayatımda, hiçbir şeye değmez biriymiş ve ben anlayamamışım Rüzgâr'ın değerini. Benim ellerim Berker'in avuçlarındayken de aklım Rüzgâr'ın bakışlarındaydı. Olmadı işte anlıyor musun? Biz diye bir şey olmadı, hep benim yüzümden. Rüzgâr hiç gitmez, hep beni sever sandım. Onun sevgisi biraz da beni şımarttı, pişmanım...

Şimdi bunları sana neden anlattığımı bilmiyorum. Bildiğim tek şey, çocukluğumdaki o adamı sevdiğim. Her şeye rağmen yanımda olan, beni bir an bile bırakmayan o adamı özlüyorum. İki sene önce ardında hiçbir iz bırakmadan gitti. Ne kadar aradıysam bulamadım. Artık umudumu yitirdim. Tam ona ait olmuşken, tam onunla mutlu olacakken her şey bitti.

Sen ona çok benziyorsun. O yüzden seninle tanışmak istedim. Böyle bir durumda, gidecek olsan nereye giderdin diye soracaktım sana. Sen de gelmedin. Rüzgâr da gelmezdi zaten. Rüzgâr bana hep gülümsedi ama hayat gülmüyor işte. Onun ahını mutsuzluğumla ödüyorum. Çıkıp gelse ya, ben mutsuzluğu da razıyım.

Hâlâ bana hediye ettiği; bir eşi de onda olan bilekliği takıyorum. O belki de çoktan attı o bilekliği ama ben ikimizi birleştiren o bilekliğe kıyamadım. Belki bir gün elimi tutar ve bilekliklerimiz birbirine kavuşur.

Benim durumum bu işte. Her şey için teşekkür ederim.

Hoşça kal Mecaz Adam.

Bana ikimizi anlatmıştı...

Bu mesajı okuduktan sonra, gözüm kolumdaki bilekliğe takıldı. Yağmur ile aramızdaki en önemli bağ bu bileklikti işte. Umutla dolmuştu kalbim. Hayatım boyunca beklediğim şey buydu. Onun ağzından ikimizi dinlemek, hâlâ ikimizin var olduğunu hissetmek... Öyle mutluydum ki... Aslında bir yandan da mutsuz, çünkü o mutlu değildi. Bensiz hiç iyi değildi. Karşılaşmalıydık ve bunun için bir yol gerekliydi. Ya birden Rüzgâr Demirsoy olarak karşısına çıkacaktım ya da Mecaz Adam olup onunla buluşacaktım. Bu hikâye bir başına bitemezdi. İkimiz her şeye bu kadar hazırken, böyle çekip gidemezdim.

On Yedinci Bölüm

Yaşanması mümkünken yaşanmayan her aşk,
gün gelir bizden bunun hesabını sorar.

Bazı insanlar bir kitaptır, bazıları ise bir sayfa...
Ben sana bir cümle olmak istedim,
senden başkasının anlamadığı bir cümle işte...

Yağmur'un mesajı beni çok etkilemişti. Bir kez daha ikimiz diye bir şey olacağına inanmıştım. Ondan ikimizi dinlemek o kadar hoşuma gidiyordu ki, bu oyunu bir ömür devam ettirmek istiyordum. Bu oyun ikimizi uzaklaştırıyordu ve ben aslında geçmişten gelen tüm özlemimle ona sarılmak istiyordum. Sarılmalıydık biz. Her şeye, herkese inat artık beraber olmalıydık. Bunu ikimiz de istiyorduk.

O gecenin sabahında annem Müberra Hanım'ın evinin kapıları bir kez daha açıldı bana. Hayatımın en zor adımlarını atıyordum. Bütün hayatım gözlerimin önünden geçiyordu. Bahçe kapısından girip biraz yürüdüm, merdivenleri çıkmadan önce hemen merdivenlerin altında bulunan küçük kileri açtım ve çocukluğumdaki o bisiklete dokundum. Evet o bisiklet olmasaydı, biz hiç çarpışmayacaktık ve ben ona belki de hiç âşık olmayacaktım. Teşekkür ettim o küçük bisiklete ve merdivenlerden çıkarak evin kapısını açtım.

Küçük adımlarla yürüdüm evin içinde. Her şeyin üzeri örtülüydü ve toz kokuyordu ev. Pencereleri açıp havalanmasını sağladım. Ardından yukarıya odama çıktım ve balkon kapısını da açtım. Odam Yağmur'un odasının hemen karşısındaydı. Henüz uyanmamıştı küçük hanım, perdeleri kapalıydı. Zaten sabahın altısında uyanması mümkün değildi onun...

Bütün anılarım bu evin içindeydi. Seviyordum bu evi. Birkaç saat dolaştım evin içinde. Her adımda başka bir anı yakalıyordu beni. Bazen tutamıyordum kendimi, dolan gözlerimi yanaklarımın üzerine bırakıyordum. Bazense gülücükler dökülüyordu yüzüme... Bir hayat yaşamıştım ve bu hayatın başrolündeki adam bendim. İyi ya da kötü ne varsa her şeyin sorumlusu bendim.

Annemin odasına geçip yatağın üzerine uzandım, öyle özlemiştim ki Müberra Hanım'ı... Şimdi yanımda olsa ona sımsıkı sarılır, kokusunu yine içime çekerdim. Yatakta doğruldum ve dolabın toz tutmuş aynasında kendime baktım. Eskimiş dolap kapısı gıcırdayarak açıldı. Daha önce hiç bakmamıştım bu dolabın içine. Müberra Hanım'ın ölümüyle kaçar gibi uzaklaşmıştım bu evden. Dolabın içinde birkaç hurç ve bir bebek bohçası vardı. Bebek bohçasının içinde ise bir beyaz mendil ve küçük mavi bir yastık buldum.

Bu benim yastığımdı. Bu koku annemin kokusuydu. O kadar tanıdık geliyordu ki bu koku... Bütün hayatım boyunca peşinden koştuğum, bebekliğimde üzerime sinen kokuyu bulmuştum. Annemin kokusuydu bu. Yağmur'un kokusuydu. Artık her şeyi daha iyi anlıyordum. Annemin kokusu saklıydı sevdiğim kadında ve ben bir ömür o kokunun peşinden koşmuştum. Yağmur'a olan aşkımın başka bir açıklaması yoktu. Annemi bulmuştum onda.

Artık Yağmur'a her şeyi anlatmanın vakti gelmişti. Artık bizim hikâyemiz başlayacaktı. İkimiz de bunu hak ediyorduk. Balkonda oturup onu beklemeye başladım. Perdeleri araladığında ilk gördüğü yüz olmak istiyordum.

Saat on bir sularında bir çığlık yükseldi Yağmurların evinden. Hayatımın en hızlı koşusunu yaptım o an. Yağmur'un annesi Gülay Hanım kapının önünde çığlıklar içinde ağlıyordu. Beni görünce, "Rüzgâr, kendini asmış!" diye bağırdı. İşte o an bittim ben. Bir an adım atamadım, dizlerim tutmuyordu, koşamadım. Güç bela yukarıya Yağmur'un odasına koştum. Yağmur odasında yoktu. Sonra diğer odaya baktım ve Yağmur'u gördüm.

O an sadece "Yağmur" diyebildim. Deliler gibi ağlıyordum, Yağmur donup kalmıştı, kıpırdamıyordu. Yanına gittim ve oturdum. Sinan Amca kendini asmıştı. Yağmur, babasının ayaklarının ucunda elindeki mektupla sessizce duruyordu.

Sinan Amca'nın el yazısıydı bu:

Başımıza gelen her şeyin sorumlusu benim. Her şey yoluna girer ümidiyle kumar oynadım ama her şeyi kaybettim. Artık hiçbir şeyimiz yok. Sizleri seviyorum. Sizlere layık bir eş ve baba olamadım. Utanıyorum kendimden. Ben çok utanıyorum. Kızım beni affet. Gülay beni affet. Beni affedin!

O mektubu okuduğumda hıçkıra hıçkıra ağlamaya başladım. Yağmur hiç tepki vermiyordu. Bir yandan ağlarken bir yandan Yağmur'a sarılıyordum. Kaskatı kesilmişti. Korkuyordum.

On Sekizinci Bölüm

Ellerimi ellerine ör ve beni sakın bırakma.

Dört Ay Sonra

Sen bana sarılırsan ben sen olurum...

Yağmur tam dört aydır konuşmuyor. Doktorlar konuşabileceğini, herhangi bir engeli olmadığını belirtiyor ancak o konuşmuyor. Yazmıyor da... Her şeye küsmüş durumda. Onu her gün bulunduğu hastanede ziyaret ediyorum. Belki bir gün yeniden bana ikimizi anlatır ümidiyle yaşıyorum.

Benim bu hayatta kimsem yok. Bir Yağmur vardı, işte artık o da konuşmuyor benimle. Hiçbir söz etmiyor. Yıkılıyorum ona baktıkça. Korkuyorum. Bir daha biz olamamaktan korkuyorum. Bazen sarılıyor bana ve ağlıyor. Saçlarını kokluyorum, öpüyorum ellerini ve "Her şey geçecek" diyorum. Hiçbir şeyin geçeceğine inanmazken bile sırf her şey düzelsin diye inanıyormuş gibi yapıyorum.

Hadi Yağmur, çık kabuğundan ve bana ikimizi anlat. Ben sensiz yaşayamıyorum. Seni bırakıp gidemiyorum. Ben sana aidim Yağmur. Tek bir cümlene âşık bu adam. Adımı söylesen yeter işte. Bir kere daha "Rüzgâr" desen bana yeter. Seni seviyorum Yağmur. Kaldır şu kafanı ve bak gözlerime. Haberin yok belki, yaşadığımı sanıyorsun ama ben senin suskunluğunda her gün ölüyorum.

Aylarca konuşmadı ama beni hep dinledi. Zaman zaman annesini bile yanına almıyordu ama beni hiç geri çevirmedi. Bir cuma akşamı **"Yarın yine geleceğim meleğim"** dedim ve yanından ayrılmak üzere kapıya doğru yöneldim. Kapıdan çıkarken son bir kez ona baktım ve o sırada göz göze geldik. Kaşlarını yukarı kaldırıp kafasını sağa sola sallayarak bana, "Gitme" dedi. O gece yanında kaldım. İlk defa böyle bir şey istiyordu. Mutluydum, beraber uyuyacaktık. Bütün akşam boyunca ona çantamdaki yazılardan ve şiirlerden okudum. Onun için yazdıklarımı dinlerken gözlerinin içi gülüyordu. Verdiği bu tepkiler bile beni mutlu etmeye yetiyordu.

Gece yarısı olmadan yorgun düşüp uyuyordu. Ben de yorgun düşmüş, yanına kıvrılıp yatmıştım. Aynı yastıkta uyuyorduk ilk defa. Bu anı kelimelere sığdırmam dahi mümkün değil. Hayatımın en mutlu gecesiydi.

Sabaha karşı uyuyakalmışım. Rüyamda Yağmur'u görüyordum. "Seni seviyorum Rüzgâr" diyordu. Ah ne çok özlemişim sesini Yağmur, diyerek sarılıyordum ona. Sol kaşımın üzerinden öpmüştü beni. O an uyandım ama gözlerimi açmadım. Yağmur başucumdaydı ve "Seni seviyorum Rüzgâr" diye fısıldıyordu. Bunu defalarca kez duyabilirdim. Hayatımın en güzel anıydı işte. Yağmur aylar sonra konuşmaya başlamıştı ve kurduğu ilk cümlede benim adım geçiyordu. Daha ne isterdim ki...

Gözlerimi açmadım. O bana sevgisini fısıldarken ben de gözlerim kapalı bir şekilde, **"Benden çok sevemezsin"** dedim. Gülümsedi. Gözlerimi açtım ve başımı kaldırıp ona sarıldım. Gözlerindeki şımarık çocuğa tekrar âşık olmuştum.

- Acıktım ben Rüzgâr.
- Hemen bir şeyler alıp geleyim.
- Hayır, dışarı çıkalım. Simit ve çay istiyorum.
- Peki küçük hanım.

Dünyanın en mutlu adamı olmuştum işte o gün. Beni seven bir kadına aittim ve hiçbir adam bundan daha fazlasına sahip olamazdı.

Yazarın Notu

Hayat, herkese farklı hikâyelerin sunulduğu bir yer. Herkes kendi hikâyesini yaşar ve bu hikâyeler aslında hiç bitmez. Çemberin içinden bakan insanlar hikâyelerin bittiğini düşünürler. Çemberin dışındakiler ise, her bitmeye yüz tutan hikâyenin başka bir yol bularak yeniden canlandığını görürler. İşte o yüzden, bu kitabın bir sonu yok ve biz neyin nasıl devam edeceğini bilmiyoruz, ama her hikâyenin bir şekilde devam edeceğini biliyoruz. Tıpkı hayat gibi...

Hayat bizden bir mucize bekliyor ve sen mucizelere inanmalısın, çünkü olduğun yerden olduğun gibi izlesen bile bu hayatı, eğer isterse sana o mucizeyi yaşatıyor. En güzel yerlerde, en doğru insanlarla yollarımızın kesişmesi ve her zaman en iyisinin değil, en hayırlısının olması dileğiyle...